Noël 1993

Françoise COLLIN

CRIME PRINTANIER

Du même auteur,
dans la même collection

LES DOSSIERS DE SCOTLAND YARD

Déjà parus :

Meurtre au British Museum
Le Secret des Mac Gordon
Crime à Lindenbourne
L'Assassin de la Tour de Londres
Les Trois Crimes de Noël
Meurtre à Cambridge
Meurtre chez les druides
Meurtre à quatre mains
Le Mystère de Kensington
Qui a tué Sir Charles ?
Meurtres au Touquet
Le Retour de Jack l'Éventreur
Higgins mène l'enquête
Meurtre chez un éditeur
Meurtre dans le Vieux-Nice
Quatre femmes pour un meurtre
Le Secret de la chambre noire
Meurtre sur invitation
Noces mortelles à Aix-en-Provence
Les Disparus du loch Ness
L'Assassinat du roi Arthur
Crime au festival de Cannes
Balle mortelle à Wimbledon
L'Horloger de Buckingham
Qui a tué l'astrologue ?
La Jeune Fille et la Mort
La Malédiction du templier

J.B. LIVINGSTONE

CRIME PRINTANIER

Dossiers de Scotland Yard

ÉDITIONS DU ROCHER
Jean-Paul Bertrand
Éditeur

ISBN 2 268 01626 9

« Il est bon que les assassins, les avides, les lâches et les parjures finissent à la potence. Et s'ils échappent au châtiment humain, celui des enfers n'en sera que plus terrible. »

M.B. Masters,
conclusion du « Manuel de criminologie »

CHAPITRE I

De la fenêtre centrale du grand salon, John Arthur Llewyn Griffiths, duc de Motherwell, admira le parterre de jonquilles qui prospérait au beau milieu de l'ancienne pelouse, face à l'entrée principale de son château gallois. Un Anglais aurait vertement désapprouvé une telle entorse à la bienséance, mais John Arthur Llewyn aimait trop les fleurs pour les empêcher de s'épanouir là où elles le désiraient. En ce mois ensoleillé, elles profitaient d'une chaleur inhabituelle.

Le duc renversa sa tasse de thé sur le tapis usé du grand salon.

– John Arthur ! s'indigna Kate, sa ravissante épouse de soixante ans, aux délicieux cheveux argentés ; serez-vous toujours aussi distrait ?

– Je le redoute, très chère ; Dieu m'a créé ainsi, et je n'ai pas l'intention d'aller contre sa volonté.

Elle sourit, attendrie.

– Un petit effort, tout de même...

– Regardez les oiseaux : ils se laissent porter par le vent, se posent quand ils en ont envie et se nourrissent au gré du ciel, sans songer à amasser des économies. Peut-on les accuser de distraction ?

– À propos d'économies, la toiture du château réclame une réfection urgente, et nous avons quatre personnes à nourrir, sans nous compter, vous et moi.

– Soyez sans crainte : j'ai une petite invention sur le feu. Elle devrait combler nos dettes et nous permettre de passer le prochain hiver au chaud.

John Arthur Llewyn Griffiths prit son épouse dans ses bras.

– Avez-vous encore confiance en moi ?

– Comme hier, et comme demain.

Âgé de soixante-cinq ans, de taille moyenne, alerte, nerveux, toujours en mouvement, les poches de son pantalon fripé éternellement remplies de morceaux de papier sur lesquels il griffonnait des phrases et des formules compréhensibles de lui seul, il était sans cesse à la recherche d'une de ses innombrables paires de lunettes.

– Vous êtes merveilleuse.

– Si je ne m'abuse, vos deux chaussures sont assez différentes l'une de l'autre.

– Je n'ai pas eu le temps de m'abaisser jusqu'à mes propres pieds ; croyez-vous que cet incident nuira à ma réflexion ?

– L'expérience prouve que non.

– Puisque nous disposons d'un cerveau composé de deux parties, dont la différence est bien connue, pourquoi nos pieds, ces humbles serviteurs du chemin de la vie, ne subiraient-ils pas un traitement identique ? Nous examinerons ce délicat problème à mon retour.

– Où comptez-vous aller ?

– À Londres, au Bureau des inventions.

– N'attendrez-vous pas le retour de votre cousin Stephen ?

– Non, je préfère régulariser la situation au plus vite. Un simple aller-retour.

– Je vous accompagne à la voiture.

John Arthur Llewyn Griffiths hésita entre une Ford Modèle T, datant de 1913, et une Bugatti 55 de 1932. Il avait un penchant marqué pour la Ford, dont la capote en tissu et les sièges recouverts de cuir étaient d'origine, comme la plupart des pièces du moteur. Le moteur en ligne de vingt chevaux lançait encore la vieille dame sur les routes, mais à une allure très modérée. Aussi le duc choisit-il sa Bugatti qui lui permettrait d'avaler les miles avec une rapidité certaine.

– Ne roulez pas trop vite, recommanda son épouse.

– Rassurez-vous, ma chère.

Main dans la main, ils contemplèrent le château des Motherwell, bâti au XIIIe siècle et fort peu modifié depuis. Trois étages, avec de hautes fenêtres rectangulaires, des cheminées massives, des tourelles d'angle à l'élégance inattendue, un vaste porche d'accès au sommet arrondi, de la vigne vierge courant sur les vieilles pierres : l'ensemble évoquait une demeure rêveuse, confortable et pacifique, sans la moindre allure martiale. Les Motherwell n'avaient jamais été des guerriers, mais des amateurs de campagne, de jardins fleuris, de vergers abondants et de longues veillées au coin du feu pendant lesquelles on lisait des poèmes et on jouait de la musique. John Arthur Llewyn et Kate vivaient heureux dans cette grande demeure accueillante.

– Je crois qu'il fera beau, prophétisa le duc.

De fait, la brume matinale venait de se dissiper. Un franc soleil baignait les parterres d'asters pourpres et bleus, et chauffait la roseraie centenaire que le duc entretenait avec des préparations médicinales de son invention.

– Arabella et moi vous préparerons un excellent dîner.

– Je n'en doute pas un instant, ma chère.

– John Arthur...

– Oui ?

– C'est une belle invention, n'est-ce pas ?

– Belle, n'exagérons rien ; mais elle permettra à certains industriels d'améliorer leurs procédés de stockage et suffira pour notre toiture. En l'enregistrant dès aujourd'hui, nous gagnons du temps.

Fantaisiste et distrait, le duc de Motherwell avait pourtant ses habitudes. Lorsqu'il conduisait sa Butgatti, il portait un costume en tweed, une casquette et des lunettes très foncées. Assis derrière son volant, il avait fière allure.

– Je vais m'ennuyer de vous.

– Moi de même, Kate, mais ce ne sera pas long.

Ils s'embrassèrent comme deux fiancés. Puis John Arthur Llewyn Griffiths enclencha la première vitesse et s'engagea dans l'allée qui conduisait vers l'extérieur. Son épouse lui adressa un signe de la main, auquel il répondit. Le duc prit soin de rouler lentement, afin de ne pas écraser un oiseau ou un lapin. Le moteur de son superbe véhicule ronronnait.

Kate Griffiths fut émue en songeant aux quarante années de mariage qui venaient de s'écouler comme dans un rêve. Dès leur première rencontre, dans un bal du village, tout près du château, ils s'étaient aimés et avaient décidé de s'unir, lui l'aristocrate, elle la paysanne. Si la passion de la jeunesse s'était peu à peu transformée en tendresse, la complicité n'avait cessé de s'accroître ; ils percevaient la moindre de leurs intentions et, souvent, n'avaient pas besoin de longs discours pour se comprendre. Son génie la fascinait ; dès qu'une difficulté se présentait, il trouvait une idée négociable, dans les domaines les plus variés, et rétablissait l'équilibre.

Aucune épreuve n'avait ébranlé leur union. Lorsqu'ils avaient pris conscience qu'ils ne pourraient pas avoir d'enfants, John Arthur Llewyn ne s'était pas incliné devant l'adversité. Au prix de cent efforts, couronnés de succès, il avait adopté un garçon et une fille, Edward et Winifred ; une famille heureuse s'était formée et préservait encore son unité.

Le duc de Motherwell n'aimait rien tant que son domaine et son existence paisible, aux côtés des êtres qu'il chérissait. Comblé de titres, d'honneurs et de médailles, il ne leur prêtait aucune attention et laissait errer sa pensée dans des mondes connus de lui seul, d'où il rapportait des trouvailles d'aspect extravagant, mais qui prenaient un aspect concret et rémunérateur.

Kate Griffiths pénétra à l'intérieur du château, où vivaient une dizaine de chats, les uns aristocrates, les autres roturiers, en parfaite liberté. Le valet de chambre s'occupait d'eux avec la condescendance nécessaire ; la hiérarchie qui s'était établie dans le groupe évitait tout débordement. Quant à la cuisinière, Arabella Peer, elle les nourrissait en fonction de leur âge et de leur poids.

Une pétarade fit sursauter Kate Griffiths, alors qu'elle franchissait le seuil de la cuisine, dont les fenêtres restaient ouvertes, hiver comme été.

– Le facteur, estima Arabella Peer, sans lever les yeux de ses casseroles ; encore en retard. Quand changera-t-il de véhicule ? Bientôt, le sien tombera en ruine.

– Êtes-vous satisfaite de la fraîcheur des légumes ?

– Ça pourrait être mieux, mais je m'en contenterai.

Le facteur stoppa devant les fenêtres de la cuisine ; au moment où il descendait de sa camionnette, un bruit effroyable le tétanisa. Kate Griffiths l'interpella.

– Que se passe-t-il ?

– Ce n'est pas moi... et ce n'est pas le laitier non plus.

La camionnette de livraison du laitier, arrivée au château par une autre route, était arrêtée près des communs, à l'orée du domaine cultivable.

– Ça vient de la grande allée, jugea la cuisinière.

– Voudriez-vous aller voir ? demanda Kate Griffiths au facteur. Je suis très inquiète.

– Bien sûr, madame.

Le facteur sortit de la grande cour et se dirigea vers l'imposante allée de platanes qui reliait les terres des Motherwell à la route nationale.

Lorsqu'il revint, quelques minutes plus tard, son visage était décomposé.

– N'y allez pas, madame Griffiths... C'est horrible, horrible !

CHAPITRE II

Avec angoisse, l'ex-inspecteur-chef Higgins se pencha sur Nil Bleu.

Il avait passé une nuit blanche en pensant à cette rose délicate que lui avait offerte une amie française résidant à Pézenas, dans le Sud-Ouest ; la faire admettre par les autres espèces de sa roseraie, habituées au climat du Gloucestershire, avait nécessité une stratégie d'approche d'une extrême finesse. Parler aux roses ne s'improvisait pas ; chacune avait son langage, sa manière de voir le monde et de se comporter vis-à-vis du jardinier.

Depuis qu'il avait pris une retraite anticipée, préférant la rectitude à la raison d'État, l'ex-inspecteur-chef jouissait des charmes de son manoir familial, sis dans le village de The Slaughterers, près de la minuscule rivière Eye qu'enjambait un pont de bois. Loin de l'agitation et des bruits de la ville, il se consacrait à la lecture des bons auteurs, à l'entretien de sa pelouse, à de longues promenades dans les bois et à d'interminables entretiens au coin du feu avec Trafalgar, un chat siamois aux splendides yeux bleus, dont la gourmandise, certes proche de la gastronomie, n'était jamais rassasiée.

Que devenait Nil Bleu, en ce beau mois de mai, beaucoup plus chaud que d'ordinaire ? La rose, au bleu tendre baigné d'une senteur de lavande, s'était épanouie. Le transfert avait réussi. Soulagé et admiratif, l'ex-inspecteur-chef ne manquerait pas d'écrire à son amie pour la remercier de son précieux cadeau.

De taille moyenne, les cheveux noirs, la lèvre supérieure ornée d'une moustache poivre et sel lissée à la perfection, l'air débonnaire, l'œil malicieux, Higgins était un confesseur-né. Il savait gagner la confiance et provoquer des confidences ; bien des criminels ne s'étaient pas assez méfiés de cet homme tranquille, à la voix douce et grave, dont la lenteur n'était qu'apparente.

– Téléphone, pour vous !

Les poings sur les hanches, Mary venait d'apparaître sur le seuil de la roseraie.

À soixante-dix ans, Mary, la gouvernante du manoir, avait bon pied bon œil, bien qu'elle eût traversé deux guerres mondiales et de nombreuses crises économiques. Croyant en Dieu et en l'Angleterre, elle menait la maisonnée tambour battant et considérait Scotland Yard comme un ramassis de gredins profitant de leur uniforme pour préparer de mauvais coups. Lectrice assidue de *The Sun*, journal à scandales, elle avait imposé la présence du téléphone, indice d'une modernité que Higgins désapprouvait.

Il fut néanmoins contraint d'obtempérer, de se rendre dans la cuisine, domaine réservé de Mary, et de prendre le combiné.

– Superintendant Marlow à l'appareil... Désolé de vous importuner, Higgins.

Scott Marlow était un policier honnête et travailleur, dont Higgins appréciait la conscience professionnelle.

– Un ennui, mon cher Marlow ?

– C'est probable ; on me demande une intervention des plus délicates. M'accorderiez-vous un entretien privé ?

– Je vous attends.

Higgins ne pouvait refuser un conseil à Marlow, souvent pris entre plusieurs feux.

– Avez-vous vu votre chat ? interrogea Mary.

– Je me suis levé très tôt ce matin et...

– Eh bien, moi, je l'ai vu !

Trafalgar avait une fâcheuse tendance à pénétrer par effraction dans la cuisine de Mary et à y dérober les mets qu'elle préparait. Avec courage, Higgins affronterait la réprimande.

– Cette pauvre bête avait une épine plantée dans une pelote ; vous auriez dû vous en apercevoir ! Par bonheur, mon œil est plus attentif que le vôtre. J'ai extrait l'épine, et j'ai cicatrisé la plaie avec de la teinture-mère de calendula. Pauvre bête... Si je n'étais pas là, il serait quasiment abandonné.

*
**

Trafalgar roulé en boule à ses pieds, un œil entrouvert pour observer Scott Marlow, Higgins écouta les confidences de son collègue, confortablement assis dans l'un de ces vieux fauteuils en cuir dont l'âge était synonyme de confort.

Le front bas, le teint rougeaud, un embonpoint marqué, habillé d'un costume gris mal coupé, une cravate mal assortie, le superintendant n'était pas un monstre d'élégance, mais il aimait son travail et ne ménageait jamais ses efforts dans la recherche de la vérité. Fervent partisan de la police moderne, il vénérait Elisabeth II, la plus belle femme du monde, espérant appartenir un jour au corps spécialisé qui assurait sa protection rapprochée.

– Je viens d'être convoqué à Clarence House, avoua le superintendant.

– La résidence de la reine mère ?

– La *Queen Mum* m'a reçu avec la plus grande discrétion : elle m'a offert un verre de gin, sa boisson préférée, et m'a parlé de ses deux grandes passions, les chevaux et les roses.

– Portait-elle l'un des délicieux chapeaux de chez Hartwell ?

– En effet.

Depuis son mariage en 1923, lady Elisabeth Bowes-Lyon, jolie et vigoureuse Écossaise, avait conquis le cœur de son peuple. Colonel en chef d'un régiment de gardes irlandais, elle avait fait preuve d'un courage remarquable pendant la Seconde Guerre mondiale, au point d'être considérée par Hitler comme son principal adversaire. Gardienne de l'étiquette, pilier de la famille royale, elle ne manquait jamais les courses royales d'Ascot et les floralies de Chelsea.

– Mission secrète, mon cher Marlow ?

– En quelque sorte.

– Vous me paraissez inquiet.

– La reine mère m'a incité à enquêter sur une mort qui, *a priori*, ne semble pas suspecte.

– Qui en fut victime ?

– John Arthur Llewyn Griffiths, duc de Motherwell, vient de décéder, à l'âge de soixante-cinq ans, dans un accident de voiture. Les constats n'ont rien prouvé d'anormal.

– En ce cas, pourquoi cette intervention de la reine mère ?

– Parce qu'elle a été contactée par un valet de chambre, Oliver Claid, qui a longtemps servi la famille royale avant de partir pour le Pays de Galles, chez les Griffiths, une dynastie des plus honorables.

– John Arthur Llewyn n'est-il pas un inventeur célèbre ?

– Un brillant esprit qu'appréciait beaucoup la *Queen Mum*, et qu'elle avait reçu plusieurs fois à sa table. Il la séduisait par son intelligence, son humeur et sa vivacité.

– Triste disparition, j'en conviens, mais pourquoi la reine mère se préoccupe-t-elle de cette tragédie ?

– Parce qu'elle a confiance dans le jugement d'Oliver Claid, dont les facultés d'observation lui paraissent remarquables.

– Et qu'a observé M. Claid ?

– D'après lui, il ne s'agirait pas d'un accident, mais d'un crime.

– Une preuve ?

– Aucune. À Scotland Yard de l'établir.

Higgins n'était pas décidé à quitter son havre de paix pour s'occuper d'une affaire tortueuse ; mais Trafalgar leva ses yeux bleus vers l'ex-inspecteur-chef qui y lut un appel et un encouragement. Sans ambiguïté, le siamois lui recommandait de ne pas demeurer indifférent.

– Comment procéder sans faire de vagues ? demanda Marlow, qui n'espérait qu'un conseil.

– En nous rendant sur les lieux du crime, superintendant.

CHAPITRE III

Au-dessous d'un dragon crachant du feu, le panneau indicateur indiquait : *Croeso i Gymru* en lettres noires, avec la traduction anglaise *Welcome to Wales*, « Bienvenue au Pays de Galles », lequel s'étendait de Chepstow à St David's, vers l'ouest, en passant par Cardiff, de St David's à Cemaes Bay au nord, de Cemaes Bay à Sultney, vers l'est, et de Sattney à Chepstow, formant un vague quadrilatère dont le plus grand mérite, aux yeux des Gallois, était d'avoir des frontières bien marquées avec l'Angleterre.

Les Gallois étaient fiers de leurs châteaux héroïques, de leurs forêts mystérieuses, de leurs collines verdoyantes et de leurs lacs enchanteurs ; le paysage chantait la gloire du grand guerrier Owain Glyndwr qui, en dépit de son nom imprononçable, combattrait de nouveau d'innombrables ennemis lorsque Merlin le magicien l'aurait réveillé. Tous les Gallois attendaient ce moment exceptionnel où leur pays serait indépendant.

Marlow conduisait une vieille Bentley, achetée à un revendeur douteux ; elle supportait mal l'atmosphère polluée de Londres, mais reprenait de la vigueur dès qu'elle respirait l'air parfumé de la campagne. Les petites routes galloises lui plurent ; elle franchit avec vaillance un col étroit, traversa un bois dont le sol était orné de jacinthes, longea des haies couvertes de jonquilles et atteignit le petit village de Gwnfycwr, niché dans ses traditions et sa lenteur de vivre. Un vieillard, fumant une pipe en terre, leur indiqua l'itinéraire à suivre pour gagner le château des Motherwell, caché dans une nature sauvage qui enchanta Higgins.

La Bentley emprunta la grande allée bordée de platanes et pénétra dans le domaine des Griffiths ; elle s'immobilisa devant le vaste porche au sommet arrondi. Higgins et Marlow descendirent et contemplèrent l'auguste demeure qu'embellissait la chaude lumière de mai.

– Bel endroit, apprécia Marlow, qui détestait pourtant quitter son bureau londonien.

– Il en existe peu d'aussi paisibles ; ici, on doit vivre heureux.

– Je vois mal un crime commis dans un cadre pareil.

– Le mal ne connaît pas de frontières, mon cher Marlow ; il prend même un malin plaisir à les franchir, comme si les îlots de paix étaient inacceptables.

– Tout de même… C'est si calme, si tranquille ! Qui imaginerait un meurtre ?

Les deux policiers progressèrent jusqu'au perron.

Assise sur une chaise en bois, au milieu d'un parterre d'asters pourpres, une ravissante femme d'une soixantaine d'années, aux cheveux argentés, fixait l'horizon.

Higgins s'approcha.

– Me permettez-vous de vous importuner, Mme Griffiths.

La veuve tourna la tête ; les beaux yeux verts étaient emplis d'une infinie tristesse.

– À qui ai-je l'honneur ?

– Inspecteur Higgins, de Scotland Yard ; voici mon collègue, le superintendant Marlow.

– Scotland Yard... Quelle est la raison de votre présence ici ?

– La mort de votre mari.

Une lueur d'intérêt brilla dans les yeux verts, sans chasser le désespoir.

– Mon mari... Oui, il est mort. Un accident de voiture, un horrible accident.

Avec une rare distinction, Kate Griffiths maîtrisait sa douleur. Higgins admira sa noblesse, la beauté de son visage aux traits réguliers et l'élégance innée de son attitude. Elle ressemblait à un rêve inaccessible.

– Nous aimerions en être sûrs, madame.

– Je ne comprends pas, inspecteur.

– Pourriez-vous détailler les circonstances du décès ?

– C'était une belle journée, comme aujourd'hui, John Arthur partait pour Londres.

– Quel était le motif de ce voyage ?

– Déposer un dossier au Bureau des inventions. Un nouveau procédé de stockage...

– Était-ce urgent ?

– Oui, car nous avions besoin d'argent pour la réfection de la toiture du château.

– Votre mari avait-il coutume de conduire vite ?

– Non, il était raisonnable. Enfin, raisonnable... S'il m'entendait, il serait presque vexé.

– S'autorisait-il des excentricités ?

– John Arthur était un homme merveilleux et le plus parfait des maris. Mais il avait surtout du génie ! Lorsque nous connaissions des difficultés matérielles, je l'alertais. En quelques heures, il mettait au point une invention et nous tirait d'affaire. Ensuite, à moi de m'occuper de la maison et de lui offrir une existence sereine afin que son intelligence s'épanouisse en toute tranquillité.

– Étiez-vous mariés depuis longtemps ?

– Depuis quarante ans, inspecteur... Un coup de foudre réciproque. C'était hier, inspecteur, le temps s'est écoulé comme un instant. John Arthur était la bonté, la générosité et l'enthousiasme... Nous avons vécu un bonheur d'autant plus intense qu'il était quotidien. Pourquoi est-il mort, inspecteur ? C'est injuste, trop injuste...

– Acceptez-vous de me parler encore de cette terrible journée ?

– Est-ce vraiment nécessaire ?

– Je le crains.

– Eh bien... Après m'avoir annoncé sa décision, John Arthur a hésité entre deux voitures, la Ford et la Bugatti. Il a opté pour cette dernière, en raison de sa rapidité. Peut-être, s'il avait choisi la Ford...

– Est-elle visible ?

– Suivez-moi.

Elle se leva, à la fois légère et épuisée, et conduisit les deux policiers au garage.

Higgins examina longuement l'étonnante automobile, dont la silhouette n'apparaissait plus sur les routes depuis longtemps. Elle était en excellent état, depuis le petit volant rouge jusqu'aux roues à douze rayons apparents, en passant par les phares en cuivre. L'ex-inspecteur-chef tâta les pneumatiques, ouvrit les portières et le capot, tâta les sièges confortables.

– Que cherchez-vous ? demanda Kate Griffiths, étonnée.

– Je l'ignore, répondit Higgins.

– Votre conduite n'est-elle pas étrange, inspecteur ?

– L'hypothèse d'un crime a été émise.

– Un crime ? Un crime sur la personne de mon

mari... Mais c'est impossible ! Tout le monde l'aimait, il n'avait aucun ennemi.

– N'avait-il pas reçu des menaces de mort ? s'enquit Marlow.

– Certes non !

– Pas de lettre anonyme ?

– Pas la moindre.

– Dans son propre entourage, quelqu'un n'aurait-il pas...

– Inconcevable ; ne résident ici que nos enfants, le cousin de John Arthur, notre valet de chambre et notre cuisinière. Je crois que vous vous égarez, messieurs.

– Nous permettez-vous néanmoins de mener une enquête ?

– À votre guise, mais vous perdez votre temps.

– Sincèrement, je l'espère ; je ne souhaite pas découvrir une vérité qui accroîtrait votre chagrin.

– Je n'ai aucune crainte.

Un lapin aventureux se dressa sur ses pattes, observa les intrus, puis détala dans le bois tout proche.

– Je suppose que votre mari avait aménagé un atclicr.

– Au deuxième étage du château, dans l'aile sud.

– Pourrais-je le visiter ?

CHAPITRE IV

Dès qu'il entra dans la somptueuse demeure, Higgins sentit que des regards pesaient sur lui. Né sous le signe du chat, selon l'astrologie orientale, l'ex-inspecteur-chef savait se déplacer sans faire le moindre bruit et possédait des yeux dans le dos. Quelqu'un l'observait, il en était sûr ; mais il ne savait pas encore si ses intentions étaient agressives.

Le hall avait beaucoup d'allure : dix mètres sous plafond, de grands tableaux de paysagistes gallois du XIXe siècle, représentant des ancêtres du duc à cheval ou en compagnie de leurs chiens de chasse, des trophées et des armes de collection. Surplombant le hall, un balcon en chêne entièrement sculpté : grappes de raisin, rinceaux, fleurs avaient été composés dans le bois avec une incroyable finesse.

Les deux policiers suivirent Kate Griffiths qui gravit l'escalier avec la souplesse d'une propriétaire habituée à un escalier monumental. Sur un parquet vieux de trois cents ans, dont pas une latte ne grinçait, un tapis rouge bordé de franges dorées. La veuve passa devant deux portes fermées, ouvrit la troisième.

– Entrez, messieurs.

Higgins avait souvent exploré ce genre d'endroit. en apparence, un fouillis indescriptible où personne n'osait s'aventurer ; en réalité, un monde cohérent où seul un créateur était capable de se repérer. Le laboratoire de John Arthur Llewyn Griffiths était un véritable capharnaüm, peuplé de cornues, d'éprouvettes, de tubes, de machines plus ou moins bizarres et de monceaux de paperasses couvertes de formules, de dessins et de diagrammes. Sur une commode Regency, un petit bronze représentant un phénix et un planisphère du XVIIIe siècle ; accrochée à un lustre, une *flat trumpet,* trompette à coulisse capable de jouer dans les modes mineurs, introduite au XVIIe siècle à la cour d'Angleterre.

L'ex-inspecteur-chef se déplaça très lentement dans l'univers du défunt duc, prenant soin de ne rien déplacer. Il constata vite, en raison de l'absence de poussière, que tous ces objets étaient fréquemment utilisés et que leur utilisateur était méticuleux.

– Quelle fut la dernière expérience de votre mari ? demanda Higgins.

– Il étudiait l'influence physique de la musique.

– Des résultats ?

– Il avait prouvé que les symphonies de Mozart faisaient pousser les plantes vertes et que certains types de vibrations sonores étaient capables de briser des plaques de plâtre, et même de fragiliser des pierres. D'après lui, il fallait éviter des résonances, trop souvent présentes dans les usines et susceptibles par exemple de mettre en péril les soudures des tôles. Les fabricants d'avions et de voitures avaient pris ses travaux en considération, en le suppliant de se hâter de les rendre utilisables.

– N'aviez-vous pas évoqué un nouveau procédé de stockage ?

– Mon mari travaillait sur plusieurs projets en

même temps ; sur celui-là, il avait progressé très vite. Les travaux sur l'acoustique étaient sa prochaine étape.

Scott Marlow, étonné, se prenait d'admiration pour l'œuvre de John Arthur Llewyn Griffiths.

– Le duc était donc un grand savant...

– Lui-même se considérait comme un inventeur et se qualifiait souvent de « bricoleur original ». Des universités du monde entier lui avaient proposé des chaires prestigieuses.

– Pourquoi les refusait-il ?

– Parce qu'il détestait les voyages. John Arthur aimait le Pays de Galles et son château ; en être éloigné eût été pour lui une souffrance insupportable. Depuis des siècles, ses ancêtres avaient vécu ici et nulle part ailleurs. À son avis, trahir la coutume lui eût ôté toute inspiration. Se rendre à Londres lui apparaissait comme une sorte d'exploit.

– Allait-il souvent dans la capitale ?

– Une ou deux fois par an.

– Toujours au Bureau des inventions ?

– Toujours, afin de hâter le processus administratif. Grâce à son cousin Stephen, l'invention était aussitôt enregistrée et les industriels consentaient une avance à mon mari.

– Leurs relations étaient donc des plus amicales, observa Higgins.

– Stephen réside ici le week-end et pendant ses périodes de congé ; le château est sa véritable demeure. John Arthur et Stephen avaient été élevés ensemble et ils ne se sont pas quittés, même à l'armée. Quand Stephen est entré au Bureau des inventions, ce fut un véritable déchirement, car il devrait habiter un studio à Londres, pendant la semaine.

Higgins crut discerner une certaine animosité dans le ton de la voix de Kate Griffiths.

– Désapprouviez-vous cette amitié ?

La veuve utilisa un mouchoir brodé pour écraser une larme.

– Non, bien sûr que non... Stephen est un homme droit, rigoureux, d'une parfaite honnêteté. D'après John Arthur, c'est un remarquable professionnel, aux qualités rares, dont la réputation va grandissant. À Londres, on ne tarit pas d'éloges sur son compte.

Depuis son arrivée au château, Higgins ne cessait de prendre des notes sur un carnet noir, dont il couvrait les pages de son écriture fine et rapide, avec un crayon qu'il avait lui-même taillé. L'ex-inspecteur-chef se méfiait de sa propre mémoire ; il préférait confier ses remarques au papier, les accumuler et les laisser se décanter d'elles-mêmes, à la manière d'un vieil alchimiste. Il évitait ainsi les *a priori* et les idées toutes faites qui encombraient trop souvent les cerveaux des enquêteurs et les conduisaient sur de fausses pistes. Bien que le superintendant Marlow, fervent partisan des méthodes scientifiques de pointe, désapprouvât cet archaïsme, Higgins persévérait.

– J'ai pourtant la sensation, Mme Griffiths, que vous n'appréciez guère Stephen.

– Disons... que son caractère ne me séduit pas.

– Pourquoi ?

– Stephen est froid, hautain et distant... tout le contraire de mon mari.

– Lorsqu'il loge ici, l'atmosphère doit être tendue.

– Ne croyez pas ça, inspecteur ; Stephen observe les règles de la politesse, n'élève pas la voix et ne bouscule jamais notre mode de vie. Personne, ici, ne peut rien lui reprocher ; sa froideur ne l'empêche pas d'être correct.

– Est-il marié ?

– Non, inspecteur.

– Divorcé ?

– Non, il n'a même pas été fiancé ; je crois que les femmes ne l'attirent pas. Il se consacre à son travail et se trouve heureux ainsi ; du moins, c'est mon sentiment.

– Pourquoi cette restriction ?

– Parce que je ne connais rien de son existence.

– Soupçonnez-vous... une double vie ?

– Sincèrement, elle me surprendrait ; Stephen ressemble à ce qu'il est.

– Mais vous n'en êtes pas certaine.

– À dire vrai, je n'avais aucune raison de m'en préoccuper ; puisque John Arthur éprouvait de l'amitié pour lui, était-il nécessaire de se poser des questions sur Stephen ?

– Lui-même ne vous a-t-il jamais fait de confidences ?

– Si vous le connaissiez, vous n'émettriez même pas cette hypothèse.

– Je le connaîtrai, puisque nous sommes vendredi ; je suppose qu'il ne va pas tarder ?

– En effet ; mais il revient de Londres fatigué et n'aime guère être importuné.

– Je tenterai d'être discret.

– Vous y parviendrez, inspecteur ; je découvre en vous un homme de tact. J'avoue que j'imaginais autrement la police, fût-elle de Sa Majesté.

– Nous sommes ici pour vous être utiles, affirma Scott Marlow.

Kate Griffiths baissa les yeux.

– M'être utile... Je crains que ce ne soit tout à fait impossible, superintendant. En perdant mon mari, j'ai tout perdu.

CHAPITRE V

D'un geste las, Kate Griffiths ferma la porte du laboratoire.

– John Arthur jouait avec les idées, révéla-t-elle ; il ne prenait pas la science au sérieux, car elle avait fait trop de mal aux hommes, mais en tirait des applications pratiques pour soulager leurs maux quotidiens. Si, demain, le monde est un peu meilleur, ce sera en partie grâce à lui.

Scott Marlow, par logique scientifique, soupçonnait d'abord l'épouse, lorsque son mari avait été assassiné. Dans ce type de meurtre, les statistiques prouvaient qu'il ne fallait pas chercher midi à quatorze heures. Conflits personnels, ambitions contrariées, dérives sentimentales ou problèmes financiers entraînaient des pulsions criminelles, parfois irrésistibles. Prudent, le superintendant était resté célibataire.

Pendant que Higgins prenait des notes, Marlow observait la veuve. Ou bien elle était très affectée par la mort de son mari, au point de s'enfoncer dans le désespoir, ou bien elle jouait une comédie grandiose, qui eût abusé un enquêteur novice. Le superintendant décida de tenir à l'œil cette Kate Griffiths.

– Acceptez-vous de poursuivre cet entretien ? demanda Higgins.
– Si vous le désirez, répondit-elle.
– Où s'est produit l'accident ?
– À l'extrémité de la grande allée de platanes qui relie notre domaine à la grand-route.
– Des arbres âgés, me semble-t-il.
– Ils furent plantés par le trisaïeul de mon mari, qui les avait importés de France, à la suite d'un séjour dans le Midi. Notre terre leur a plu ; ils constituent l'une des curiosités touristiques de la région, en raison de leur taille et de leur beauté.
– Votre mari connaissait bien le parcours ?
– Le moindre détail, inspecteur. Quand j'ai entendu cet horrible bruit, j'ai aussitôt pensé qu'il avait percuté un arbre.
– Pourquoi cette certitude ? interrogea Scott Marlow.
– Je ne saurais l'expliquer.
– Aviez-vous déjà été le témoin auditif d'un choc de cette nature ?
– Non.
– Vous vous trouviez donc à la cuisine.
– Oui, en compagnie d'Arabella Peer. J'étais si bouleversée que j'ai demandé au facteur de rouler jusqu'à l'allée de platanes et de s'assurer que mon mari n'était pas accidenté. Hélas...
La voix de Kate Griffiths se brisa ; elle puisa au tréfonds d'elle-même la force de poursuivre son récit.
– Quand il est revenu, il n'a pas eu le courage de m'avouer la vérité... Il s'est contenté de dire que c'était horrible. Je l'ai prié de m'emmener sur les lieux, pendant qu'Arabella appelait l'hôpital le plus proche. Il a refusé, j'ai insisté. Et j'ai trouvé John Arthur mort, à son volant ; son crâne avait traversé le pare-brise. Tout l'avant de la voiture était défoncé.

Elle ferma les yeux, comme si elle avait le pouvoir d'anéantir cette tragédie et de ramener son mari à l'existence. Higgins l'aida à s'asseoir sur une banquette recouverte de velours.

– Où la carcasse de la voiture a-t-elle été déposée ?

– Au garage du village, après l'examen de la police qui n'a rien décelé d'anormal.

– Vous a-t-elle remis certains objets ?

– Oui, bien sûr.

– Puis-je les voir ?

– Je les ai rangés dans un tiroir de la commode de notre chambre ; c'est mon ultime souvenir de lui.

Elle se leva, les jambes molles ; Higgins lui offrit son bras, qu'elle accepta. Marlow suivit, dubitatif.

La chambre était vaste et claire ; un mobilier du Moyen Âge lui donnait un caractère austère mais réconfortant, comme la bonne odeur du bois ciré. Ici, le temps était captif et la tradition demeurait vivante. Higgins ressentit l'immatérielle présence d'un bonheur tranquille que ne troublaient pas les aléas du quotidien.

Kate Griffiths ouvrit un large et profond tiroir. À l'intérieur, une paire de lunettes, une sacoche en cuir fauve, un étui de bois contenant un outil, un foulard d'un jaune tendre, un ticket orange et une feuille de papier de couleur crème portant un texte.

La paire de lunettes était en mauvais état : les deux verres, très foncés, avaient pourtant bien résisté au choc. Certes, ils étaient brisés, mais n'avaient pas volé en éclats.

– Appartenaient-elles à votre mari ?

– Il les portait pour conduire, lorsqu'il faisait beau ; tous les propriétaires de Bugatti agissent ainsi, surtout afin d'éviter la poussière ou un caillou. Ce sont des risques réels avec ce genre de voiture ; mais John Arthur aimait sentir la force du vent en roulant et ne supportait pas d'avoir un toit de tôle au-dessus de la tête. Elles gisaient, brisées, sur ses genoux.

– Ce foulard ?

– John Arthur me l'avait offert pour notre premier anniversaire de mariage. Lorsqu'il voyageait sans moi, il l'emportait avec lui. Il le considérait comme un porte-bonheur ; deux fois, il a rebroussé chemin parce qu'il l'avait oublié. Je m'amusais de cette superstition... Aujourd'hui, je me reproche de ne pas avoir su le protéger du destin.

Scott Marlow se demanda s'il ne s'agissait pas d'un aveu déguisé. Il n'était pas rare qu'un assassin se livrât de cette manière à la police, en lui offrant l'une des extrémités du fil d'Ariane qu'il fallait ensuite remonter.

L'ex-inspecteur-chef se pencha sur le ticket orange, portant l'inscription « Pswyll, Viv. »

– Connaissez-vous la signification de ces termes ?

– Non, inspecteur.

Marlow jugea cette réponse suspecte ; une épouse aussi attentionnée pouvait-elle ignorer l'un des aspects de l'existence de son mari ?

– Votre mari comptait-il se rendre à une exposition ?

– Il ne m'en avait pas parlé.

– Je tenterai d'éclaircir ce point, si cette démarche ne vous importune pas.

– Au contraire, inspecteur, j'aimerais comprendre.

– Et cet étui ?

– Une invention en cours, probablement ; John Arthur se promenait avec ce genre d'objet insolite, afin de mieux fixer sa pensée.

– Avez-vous regardé à l'intérieur ?

– Non, inspecteur.

Le superintendant fut de nouveau étonné ; cette absence de curiosité, voire d'intérêt pour les travaux de l'inventeur, ne s'accordait pas avec les déclarations antérieures d'une épouse éplorée.

Higgins sortit une scie de l'étui et constata que le surprenant objet se composait de trois parties qui se dépliaient de manière remarquable. Sur les dents de la première partie, des traces de sciure ; l'ex-inspecteur-chef en déposa un peu dans son mouchoir.

– Votre mari s'est-il servi de cet outil ?

– Je l'ignore.

– Une invention récente ?

– Je n'avais pas vu cette scie auparavant.

– Était-ce l'invention qu'il emportait à Londres ?

– Je ne crois pas. John Arthur avait placé les documents dans la sacoche, la préférée de son grand-père.

– Puis-je l'ouvrir ?

– Bien entendu.

Higgins ouvrit la sacoche en cuir fauve. Elle contenait deux feuillets écrits à la main et un formulaire administratif destiné au Bureau des inventions.

L'ex-inspecteur-chef prit le temps de lire les documents.

– N'aviez-vous pas évoqué une découverte relative à un procédé de stockage industriel ?

– Oui, en effet ; John Arthur en était très satisfait.

– Ces documents évoquent un tout autre domaine, celui de la résistance des alliages.

– Une vieille invention !

– Constatez vous-même.

À son tour, Kate Griffiths lut le texte.

– Je suis stupéfaite, inspecteur ; ce document date de plusieurs années. Ce n'était certes pas celui-là que mon mari comptait emporter à Londres.

– Il se trouvait pourtant dans sa sacoche ; le duc aurait-il pu se tromper ?

– Non, il n'était pas distrait. Je... je ne comprends pas.

L'angoisse creusait les traits de la veuve.

– Il existe une explication, Mme Griffiths.

Restait la feuille de papier.

– Elle se trouvait sous le foulard, expliqua-t-elle.

– Est-ce bien l'écriture de votre mari ?

– Oui, inspecteur ; comparez avec les documents que contenait la sacoche. Ici, elle est plus hâtive et moins lisible.

– Un menu, commenta Higgins : « Escargots à l'ail, jambon de Bayonne, tripes à la mode de Caen, gratin dauphinois, roquefort et tarte tatin ».

L'ex-inspecteur-chef recopia les indications sur son carnet.

– Des desiderata de votre mari ?

– Il appréciait beaucoup la bonne cuisine et avait de brusques accès de gourmandise. Notre cuisinière est un véritable cordon bleu, qui se pliait à toutes les exigences de son patron.

– Pas d'autres objets ?

– D'après la police et l'hôpital, non ; voilà le pauvre trésor qui a été recueilli dans ce maudit véhicule.

– Voilà bien des détails bizarres, Mme Griffiths.

– Je suis aussi troublée que vous.

Higgins, avec douceur, posa l'inévitable question.

– Votre mari aurait-il mené une double vie ?

– C'est tout à fait impossible ! Vous me croyez peut-être naïve, mais je peux vous jurer que notre entente excluait ce genre de dissimulation. Lorsque John Arthur me cachait quelque chose, c'était pour préparer une surprise agréable.

– J'ai une pénible demande à formuler.

– Je vous en prie, inspecteur.

– M'autorisez-vous à examiner ces objets dans un laboratoire de Scotland Yard ?

– Mais... que vous apprendraient-ils sur l'accident ?

– Sans doute rien, mais l'existence éventuelle de certaines empreintes orienterait nos recherches.

– Parce que vous croyez encore à un crime...

– Je n'ai pas encore éliminé cette hypothèse.

– S'est-elle renforcée ?

– Trop tôt pour le dire.

– Agissez au mieux, inspecteur ; j'ai confiance en vous.

Marlow alla chercher dans le coffre de la Bentley un sac réglementaire, prit les objets avec des gants et les déposa avec précaution ; puis il les numérota, comme s'il s'agissait de pièces à conviction, établit un reçu détaillé et le remit à la veuve qui le signa sans le lire.

– M'autorisez-vous à m'entretenir avec les personnes qui résident sous votre toit ?

– À votre guise, inspecteur ; qui souhaitez-vous voir ?

– En premier lieu, vos enfants.

Kate Griffiths sembla gênée.

– Je vous dois la vérité...

Marlow fut pris d'un espoir subit. Sous la pression de l'interrogatoire, la veuve passerait-elle aux aveux ?

CHAPITRE VI

– Winifred et Edward ne sont pas exactement nos enfants, révéla Kate Griffiths ; comme la nature nous interdisait d'en avoir, nous les avons adoptés. Elle avait cinq ans lorsqu'elle est arrivée au château, lui six. Leurs parents étaient morts quelques années avant la guerre, et ils étaient promis l'un et l'autre à un triste destin.

– Avant de les voir, suggéra Higgins, j'aimerais que vous me parliez d'eux.

– J'aime beaucoup Edward ; c'est un garçon intègre et courageux, qui ignore la fatigue. À lui seul, il s'occupe du domaine, tond la pelouse, débroussaille, fait du bois, chasse et pêche, veille sur le poulailler et le verger. Grâce à son travail, nous bénéficions de produits frais et nous nous nourrissons de façon merveilleuse.

– A-t-il des dons pour l'invention ?

– Aucun. Son domaine est la nature ; il l'aime tant qu'il passe de nombreuses nuits à la belle étoile.

– Quelles étaient ses relations avec son père adoptif ?

– Il éprouvait envers John Arthur admiration et

respect, mais son univers lui demeurait étranger. J'aimerais vous offrir à boire, inspecteur.

Kate Griffiths introduisit les deux policiers dans un petit salon où régnait un climat doux et intime. Les vieux meubles gémissaient, le tapis élimé conservait précieusement des siècles de souvenirs heureux, les tentures encadraient des fenêtres donnant sur le parc où s'ébattaient des oiseaux.

– John Arthur appréciait beaucoup un vieux whisky écossais dont on lui réservait une cuvée ; vous conviendra-t-il ?

– Sans aucun doute.

La veuve servit elle-même les deux hommes, versant le beau liquide ambré dans des verres en cristal qu'avaient maniés des générations d'aristocrates, en échangeant des banalités sur le temps et les saisons. Certains prétendaient que les objets possédaient une mémoire, en fonction de la qualité du matériau et du génie de l'artisan. Ces verres-là, de fait, transmettaient la nostalgie d'une époque révolue où la vulgarité était considérée comme un péché.

Scott Marlow, dont le penchant pour le whisky était l'une des rares faiblesses, dégusta le nectar avec délectation. Malgré ses contraintes, l'existence d'un policier avait parfois du bon.

– Votre mari ne reprochait-il pas à son fils adoptif son manque de goût pour la recherche ?

– John Arthur ne critiquait personne et respectait les goûts de chacun. Voir s'épanouir Edward était un grand bonheur, puisqu'il avait choisi lui-même son terrain d'élection.

– Et vous, madame, n'étiez-vous pas contrariée ?

– Peut-être un peu... Quand Edward était enfant, j'ai eu l'espoir de le voir un jour seconder son père et l'aider dans ses travaux. Mais ce n'était qu'une pensée égoïste ; il a suivi son chemin, et c'est bien ainsi.

– Comment a-t-il supporté la mort de son père ?

– Comme n'importe quelle autre nouvelle : aucune réaction visible. Edward ne sourit ni ne pleure et paraît n'avoir aucune sensibilité ; en réalité, il cache ses sentiments, comme s'il avait peur de les montrer.

– A-t-il continué à travailler ?

– « La nature n'attend pas », a-t-il dit, et il a redoublé d'efforts, afin de noyer son chagrin.

– L'accident a bien eu lieu mardi ?

– Oui, inspecteur.

– Quand les obsèques seront-elles célébrées ?

– Le coroner a délivré le permis d'inhumer dès mardi soir ; la dépouille mortelle a été déposée dans la chapelle de l'hôpital. Nous l'enterrerons demain ; j'attendais le retour de Stephen, afin qu'il conduise les funérailles à mon côté. Quelle mauvaise surprise je lui réserve...

– Ne lui avez-vous pas révélé le drame ?

– Je n'ai pas eu le courage de lui apprendre la nouvelle par téléphone ; dès qu'il arrivera, je m'acquitterai de cette pénible tâche.

« Étrange », pensa Marlow. Tantôt la veuve le convainquait de sa sincérité, tantôt elle se comportait de manière si bizarre qu'elle éveillait ses soupçons.

– Votre fille a-t-elle témoigné du même courage que son frère ?

– Winifred est une jeune femme merveilleuse, une véritable passionnée dont l'énergie est aussi inépuisable que celle d'Edward. Certes, nous n'avons que peu de contacts, car elle vit dans son monde et n'en sort pas souvent. Elle est d'un abord assez abrupt, mais nous ne nous sommes jamais heurtées.

– Quelle est cette passion ?

– Les animaux ; elle sait les élever, les nourrir, les soigner et leur parler. Elle ne l'a pas affirmé, mais je suis certaine qu'elle les juge meilleurs que les humains et davantage dignes de respect.

– Estimait-elle quand même son père ?

– J'en suis persuadée.

– Ne vous accordait-elle aucune confidence ?

– Ce n'était pas dans son caractère.

– Est-elle si hermétique ?

– Il faut la comprendre, inspecteur ; à force de fréquenter les animaux, elle est devenue un peu sauvage. Communiquer avec elle n'est pas aisé, mais elle a autant de sensibilité qu'Edward.

– N'éprouvez-vous pas certains regrets ?

– Comme pour Edward ? Non, inspecteur. Je me suis rangée à l'avis de mon époux : que chacun suive son chemin sans contrarier celui d'autrui.

– Aimez-vous les animaux ?

– Pas avec la même passion que Winifred, mais je ne saurais m'en passer. Avant d'adopter notre fils et notre fille, John Arthur et moi-même étions environnés de chiens ; aujourd'hui, les chats ont pris leur place. Sous la houlette d'un vieux mâle, Charles Quint, ils sont d'une propreté impeccable et ne perturbent pas le train de maison imposé par notre valet de chambre.

– Un personnage important, je suppose ?

– Ô combien ! Oliver Claid appartient à une famille de domestiques qui n'ont servi que la famille royale et les plus illustres lignées. Avant de venir ici, il était au service de la reine mère.

– Étrange destinée, n'est-il pas vrai ?

– Ce fut son choix ; Gallois d'origine, il détestait Londres et désirait travailler sur sa terre, dans un endroit comme celui-ci. De plus, il éprouvait une grande admiration pour mon mari ; sa mort l'a bouleversé.

– Que savez-vous de lui ?

La question étonna la veuve.

– Mais... que devrais-je savoir ? Oliver Claid est à la fois majordome, intendant et valet de chambre. Grâce à ses compétences, il remplace à lui seul une armée de domestiques. Si vous faites allusion à sa vie privée, il eût été malséant que je m'y intéresse.

– Quel est son caractère ?

– Oliver Claid est un homme silencieux et pondéré, pour lequel l'accomplissement de sa tâche est un devoir sacré.

Scott Marlow opina du chef ; si chaque sujet de Sa Majesté se comportait ainsi, le soleil de l'Empire brillerait encore sur les cinq continents.

Higgins n'insista pas. Il était probable que Kate Griffiths, comme toute maîtresse de maison d'un rang certain, n'avait pas cherché à connaître les éventuels secrets de son valet de chambre ; et, si elle les avait découverts, elle se tairait.

– Estimez-vous que M. Claid possède une bonne faculté de jugement ?

– Je n'ai pas eu à m'en plaindre. S'il n'existait une franche animosité entre lui et notre cuisinière, cette maison serait un petit paradis.

– Quel est le motif de cette dissension ?

– Leurs caractères respectifs. Ce sont deux êtres d'élite, mais incapables de s'entendre ; Oliver se drape dans sa dignité, Arabella dans son intransigeance. Elle ne supporte pas de recevoir des ordres, Oliver n'admet pas cette attitude ; elle croit fermement au progrès, Oliver l'estime détestable.

– Votre rôle ne doit pas être facile.

– Si, car chacun reste dans son domaine, où il excelle. Arabella adorait mon mari ; elle le considérait comme un véritable génie et s'ingéniait à lui préparer les meilleurs plats afin qu'il reste en bonne santé.

Un cri étrange fit frissonner Scott Marlow et brisa la

conversation. Un cri ressemblant à un râle, d'une surprenante puissance.

– Ce n'est que le lama, indiqua Kate Griffiths ; si vous désirez rencontrer Winifred, le moment est venu.

CHAPITRE VII

Au pied de l'entrée principale du château, une belle jeune femme d'une trentaine d'années tentait de nourrir un lama avec une bouillie végétale. Le lama était haut sur pattes, avait une robe de longs poils marron foncé, un cou blanc, des yeux mutins bordés de noir et deux larges oreilles blanches, piquetées de noir et bien dressées. La jeune femme, très élancée, était vêtue d'une longue robe noire, décolletée dans le dos, et portait des bottes dorées ; à son avant-bras droit, cinq gros bracelets en corail. De ravissantes boucles d'oreilles en forme de crocodile ajoutaient au charme prenant de son visage, maquillé avec soin. Cette vêture eût convenu à un cocktail huppé dans un salon londonien.

– Winifred ! Je te présente l'inspecteur Higgins et le superintendant Marlow, de Scotland Yard. Ils aimeraient te parler.

Les yeux noirs de la jeune femme flamboyèrent ; elle tenta de prendre la fuite, mais son lama lui saisit le poignet. Bien qu'il n'appréciât que modérément sa bouillie, il tenait à la consommer jusqu'au bout. Elle fut obligée de le sermonner avant qu'il ne consentît à lâcher prise. Les deux policiers eurent le temps de sortir du château et de venir à sa hauteur.

– Puis-je vous aider ? suggéra Higgins.

Les yeux noirs continuèrent à flamboyer, comme si l'ex-inspecteur-chef avait proféré une insulte. Ce dernier s'approcha de l'animal rétif, planta son regard dans le sien et lui parla dans une langue tout à fait inconnue. Winifred ne put contenir un sourire, certaine que le quadrupède, au caractère rebelle, cracherait au visage de l'importun.

Contrairement à ses prévisions, le lama devint doux comme un brave chien, baissa la tête, lécha la main de Higgins et dégusta le reste de sa bouillie sans se faire prier davantage. Intéressés par la scène, un dindon, une truie et un tapir vinrent flairer le pantalon de Higgins, qui provenait de chez Trouser's, dans Regent Street.

– Vous vous y connaissez en lamas ? s'étonna Winifred.

– Très peu, mais j'ai eu l'occasion, lors d'un séjour en Orient, d'apprendre les rudiments de leur langage. Ce sont des animaux très susceptibles et plutôt pointilleux ; j'ai eu le bonheur d'obtenir un contact diplomatique.

– De quoi vouliez-vous me parler ?

– La mort de votre père a provoqué un grand émoi à Londres ; le superintendant et moi-même menons une enquête de routine, afin d'établir les causes de l'accident.

– Un accident est un accident ; comment aurait-il des causes ?

– Comment avez-vous appris cette tragique nouvelle ?

– Je soignais la trompe de mon tapir, qui s'était blessé dans un épineux ; mon frère Edward tenait l'animal ; le laitier venait d'arriver, pour déposer les bouteilles de lait dont j'ai besoin chaque jour. Il y a eu ce bruit, cet épouvantable bruit...

La jeune femme se boucha les oreilles, comme si ce geste dérisoire pouvait annihiler le drame.

– Étiez-vous certaine qu'il s'agissait de votre père ? interrogea Marlow.

– Il venait de partir dans la Bugatti ; je connaissais bien le bruit du moteur. J'ai pensé à lui aussitôt, c'est vrai.

– Conduisait-il de manière imprudente ?

– Non, il n'avait jamais eu d'accident. Il aimait rouler vite, mais sans excès.

– En ce cas, pourquoi avoir envisagé le pire ?

Winifred toisa Marlow.

– Je l'ignore. Faut-il justifier toutes nos intuitions ? À moins que vous ne me considériez comme suspecte.

– Suspecte ?... De quel délit ?

– Ne me prenez pas pour une idiote ! Un superintendant et un inspecteur du Yard ne se déplacent pas pour une simple « visite de routine ». Ce n'était pas un accident et vous en avez la preuve !

En quelques phrases, le caractère passionné de la jeune femme s'était dévoilé, avec une rare véhémence ; Higgins demeura d'un calme imperturbable.

– Vous vous trompez sur un point, mademoiselle : cette preuve, nous ne la possédons pas encore. La détiendriez-vous ?

Winifred recula d'un pas et caressa la tête du lama.

– Moi ? Pourquoi moi ?

– Vous êtes une personne d'une rare lucidité, mademoiselle ; sans doute avez-vous remarqué des faits bizarres ou inhabituels. Si vous éprouviez de l'affection pour votre père, aidez-nous.

– Comment osez-vous en douter ? Mon père était un être extraordinaire, un véritable génie qui passait son temps à améliorer le sort de l'humanité. Pourtant, elle ne le mérite pas.

– La détestez-vous à ce point ?

– Plus encore que vous ne l'imaginez.

– Vous aurait-elle fait tant de mal ?

– L'humanité est forcément mauvaise, inspecteur ; ce n'est pas Dieu qui l'a créée, mais un démon, le plus pervers des démons ! Seuls les animaux ont échappé à son emprise. Avez-vous vu un animal mentir, trahir ou comploter ? Seuls les humains en sont capables. Ils n'ont ni foi ni loi et ne songent qu'à imposer leur domination à autrui. Lorsque cette race maudite aura disparu, la planète vivra de nouveau en paix.

– À moins qu'elle ne la détruise avant.

Le regard de la jeune femme s'enflamma de nouveau.

– Partageriez-vous mes idées, inspecteur ?

– Vous comptez-vous au nombre de ces êtres sans foi ni loi, capables de mentir et de trahir ?

– Je ne suis pas meilleure que les autres, mais je ne perds pas ma vie à m'occuper des humains ; en rendant des animaux heureux, je crois me rendre utile.

– Condamneriez-vous votre père ?

– Non, pas lui... Il était sincère et généreux, il travaillait pour préserver ce domaine, un espace de liberté et de bonheur dans ce monde infernal.

– Lui parliez-vous de vos tourments ?

– Nous nous comprenions sans avoir besoin de parler ; quelques regards, quelques attitudes suffisaient. Au fond de lui, il m'approuvait.

– Lui avez-vous avoué votre admiration pour le savant qu'il était ?

– C'eût été le flatter, et flatter est la pire des trahisons envers ceux qu'on aime. Mon père était un génie, comme un lama est un lama. Il vivait sa nature, sans se soucier d'être supérieur à quiconque.

Avait il des ennemis ? demanda Higgins d'une voix posée.

Winifred ne prit pas le temps de réfléchir.

– Ici, aucun ; dans le monde extérieur, je ne sais pas.

– Vous ne savez pas, ou vous ne voulez rien dire ?

– Ne mettez pas en doute ma bonne foi, inspecteur, ou je refuserai à jamais de vous répondre ! Je ne sors jamais de ce domaine, car mes animaux ont besoin de moi, nuit et jour, l'année durant. Qu'irais-je faire ailleurs, sinon rencontrer des bandits et des destructeurs ?

Scott Marlow était impressionné par les prises de position de la jeune femme. Elle ne semblait pas folle, mais seulement blessée par la vie.

– Si vous nous montriez votre domaine ? suggéra Higgins.

CHAPITRE VIII

Le lama, le dindon, la truie et le tapir n'étaient pas les seuls pensionnaires de Winifred Griffiths. Sur plusieurs hectares, la jeune femme avait aménagé un monde à part où coexistaient poulailler, basse-cour, volière, étang poissonneux et de grands espaces réservés aux divers quadrupèdes. Un zèbre faisait bon ménage avec une vache normande, un kangourou avec une biche. Ici, porc-épic et hérisson déambulaient en toute sécurité, sans crainte d'être écrasés par un automobiliste trop pressé.

– Comment avez-vous organisé ce miracle ? interrogea Higgins.

– Il m'a fallu du temps ; au début, j'ai commis de nombreuses erreurs. Certains animaux ne s'entendaient pas entre eux, d'autres s'adaptaient mal au climat. Les nourrir au mieux ne fut pas une partie de plaisir. Puis les résultats sont venus, avec l'expérience ; aujourd'hui, il me faudrait plusieurs jours pour vous présenter tous mes amis. Vous montez ?

Winifred prit le volant d'une jeep ; Higgins s'assit à côté d'elle, Marlow monta à l'arrière. Les secousses lui rappelèrent de mauvais souvenirs de la Seconde

Guerre mondiale, lorsqu'il fallait zigzaguer entre les bombes nazies. La promenade, bien que heurtée, lui réserva des surprises moins désagréables, puisqu'il fut permis aux hommes du Yard d'approcher de très près quelques animaux d'ordinaire farouches, que Winifred appelait par leur prénom.

La jeune femme observa Higgins ; il adoptait une attitude juste envers ses compagnons de rencontre, qui ressentaient aussitôt des intentions pacifiques. On abusait un humain, on ne trompait pas un animal. Même une biche, particulièrement craintive et répondant au nom d'Iphigénie, accepta les caresses de l'ex-inspecteur-chef.

– Croyez-vous vraiment à un crime, inspecteur ?

– Il me manque encore trop d'éléments pour trancher.

– Si je peux vous aider...

Lorsqu'elle était moins tendue, moins agressive, Winifred jouait d'un charme certain. Elle eût été la parfaite compagne d'un aventurier au long cours, d'un explorateur de l'Afrique profonde ou d'un conquérant des étoiles.

– Comment vous entendez-vous avec Edward ?

– À merveille, puisque chacun mène sa vie à sa guise.

– Cette réponse ne sous-entend-elle pas de graves désaccords ?

– Non... Nous sommes très différents l'un de l'autre, voilà tout. Edward est un garçon silencieux et réservé, dont la seule passion est le travail. Sans lui, ce domaine serait à l'abandon ; il déploie une énergie digne d'Hercule. Jamais fatigué, il n'émet pas la moindre plainte, comme s'il faisait corps avec cette terre. Que le château s'écroule l'indiffère ; mais qu'un fruitier tombe malade, il n'a de cesse de le guérir.

– Le lui reprocheriez-vous ?

– Au contraire ; les œuvres humaines sont destinées à disparaître, et c'est bien ainsi.

– Edward se querellait-il avec son père ?

La question de Higgins indigna Winifred.

– Qu'allez-vous imaginer ? Edward le vénérait, au point de ne pas oser l'importuner. Il savait que le cerveau de son père bouillonnait sans cesse d'idées nouvelles, que lui seul était apte à comprendre.

– Pour vous comme pour votre frère, le duc de Motherwell était donc un personnage bien lointain.

– Ne croyez pas ça ; nous évitions le bavardage et les paroles inutiles, voilà tout. Nous communiquions par le cœur, même si cela vous paraît extravagant.

– Il s'agit plutôt d'une grâce céleste, estima Higgins, alors que la jeep s'arrêtait à deux mètres d'un énorme sanglier.

– C'est Churchill, révéla la jeune femme ; caractère difficile, mais courage et générosité.

– Il est splendide.

Marlow se tassa à l'arrière du véhicule ; étant donné sa taille, le sanglier était bien capable de le renverser.

Winifred et Higgins descendirent ; le superintendant ne protesta pas, sachant que son collègue n'en ferait qu'à sa tête.

Churchill ne broncha pas. Il reconnut en Higgins un familier des promenades dans les bois et des rencontres avec ses congénères ; il y avait un peu du sanglier dans cet homme-là ; aussi Churchill accepta-t-il ses marques de politesse. Le bref entretien terminé, la jeep repartit à l'aventure.

– Edward vous aide-t-il souvent à soigner les animaux ?

– Quand j'ai besoin de lui, il accourt.

– J'aimerais m'entretenir avec votre frère.

– Aujourd'hui, impossible ; il pêche dans notre

rivière, à deux heures de marche d'ici, dans un endroit inaccessible.

– Je le verrai plus tard.

– S'il accepte de vous parler !

– Serait-il plus farouche que Churchill ?

– Sans aucun doute. Laissez Edward tranquille, il ne vous apprendra rien.

– Tenteriez-vous de le protéger ?

– Il n'a pas besoin de moi. Et n'essayez pas de le soupçonner d'avoir conçu un projet maléfique contre son père !

Malgré les cahots de la piste, Higgins prenait des notes sur son carnet noir, sans faire de ratures.

– Qu'est-ce que vous écrivez ?

– J'enregistre vos déclarations, afin de ne pas commettre d'erreur.

– Vous tentez de me piéger, c'est ça ?

– Si vous m'avez menti, vous vous piégerez vous-même.

Winifred freina brusquement. Higgins s'agrippa à son siège, mais Scott Marlow fut projeté sur le côté et faillit tomber de la jeep.

La jeune femme pointa un index agressif vers l'ex-inspecteur-chef.

– Apprenez ceci : une Winifred Griffiths ne ment jamais ! Je hais le mensonge plus que tout au monde, et j'espère que les flammes de l'enfer dévoreront les menteurs !

L'arrivée d'un couple de porcs-épic, répondant aux doux noms de Daphnis et Chloé, interrompit la diatribe de la belle Winifred. Elle se pencha sur leur sort avec toute l'attention qu'il méritait ; satisfaite de son examen, elle les rendit à la liberté.

Des larmes lui montèrent aux yeux.

– Rien n'est plus merveilleux que leur donner cette vie-là... Ici, ils sont heureux.

– Votre père aimait la vie, lui aussi.

Piquée au vif, elle se tourna vers Higgins.

– Qu'en savez-vous ?

– Insinueriez-vous qu'il était las de l'existence et qu'il aurait jeté sa voiture contre un arbre ?

– Non... C'est impossible.

– Un homme ruiné, en proie à de perpétuelles difficultés financières, incapable de trouver une nouvelle idée...

– C'est faux, archifaux ! Mon père n'était jamais à court d'idées ; dans les pires conditions, il mettait au point l'invention qui remettait le bateau à flot.

– Avez-vous les compétences nécessaires pour juger de la qualité de ses trouvailles ?

Winifred se troubla ; lorsqu'elle passa la première pour redémarrer, la boîte de vitesses grinça.

– Je ne suis pas une scientifique, mais les résultats étaient là ! Le domaine n'a jamais manqué de rien.

– Et si, cette fois, le numéro d'équilibriste de votre père avait échoué ?

– Quel est l'indice qui vous oriente vers cette conclusion ?

– Aucun.

– Alors, vous me torturez avec une hypothèse absurde !

– Espérons qu'elle l'est.

– Procédez-vous toujours ainsi ?

– Je tente de m'adapter à chaque situation.

– Quittez ce domaine, inspecteur ! Il n'existe pas d'assassin parmi nous.

– Vous m'avez beaucoup parlé de votre père, Winifred, mais fort peu de votre mère. Est-ce intentionnel ?

CHAPITRE IX

La jeep fit un bond en avant ; passant sur une butte, Winifred lâcha un instant le volant et perdit le contrôle de son véhicule. Ses réflexes furent d'une belle efficacité ; d'une main, elle redressa la course folle et, après avoir roulé deux ou trois secondes sur deux roues, rétablit le contact avec le sol. Quand Marlow rouvrit les yeux, il fut étonné d'avoir survécu. Winifred ralentit, s'engagea dans un petit bois et stoppa.

– Marchons, exigea-t-elle.

Higgins aimait les arbres, qu'ils fussent gros ou petits, majestueux ou fragiles. Leur inéluctable propension à regarder vers le haut et à dresser la tête vers le ciel était l'un des plus beaux miracles de la nature.

– C'est mon père qui m'a adoptée, révéla Winifred, pas Kate.

– Se serait-elle opposée à cette décision ?

– Non, je ne crois pas. En tout cas, elle m'a traitée avec toute l'affection qu'une fille attend de sa mère.

– Le lui reprochez-vous ?

– Bien sûr que non, mais nos caractères ne s'accordent pas.

– Détesterait-elle les animaux ?

– Elle les adore, comme moi, et me laisse une liberté totale pour les choisir et les soigner.

– Vous me faites le portrait d'une mère idéale.

– J'en suis consciente, et cela m'irrite davantage ! Pourquoi nous heurtons-nous sans cesse sur le moindre détail ?

– Qui a tort, en règle générale ?

– Moi, toujours moi, avoua Winifred. Je m'emporte, je prononce des mots que je ne pense pas et je m'enfonce dans des excès que je désapprouve moi-même. C'est stupide, mais je ne parviens pas à me modifier. Comment avouer à Kate mon affection ? Jamais je n'en serai capable.

– La considérez-vous comme une bonne épouse ?

– Sans elle, mon père n'aurait pas disposé de l'équilibre nécessaire pour ses recherches. Elle était près de lui, non comme une ombre, mais comme une lumière chaude et paisible.

– Inutile de vous demander, dans ces circonstances, s'ils formaient un bon couple.

Winifred sourit, ému.

– Un couple merveilleux, qui avait créé un paradis et en respectait les lois.

– Vous n'avez donc rien à lui reprocher.

– Eh bien... vraiment rien.

Higgins tourna la page de son carnet noir, qui se remplissait d'informations instructives. Mais avaient-elles une quelconque importance ? S'il ne s'agissait que d'un accident, elles n'auraient d'autre valeur qu'anecdotique.

– Avez-vous une bonne opinion d'Oliver Claid ?

– Je le hais, répondit Winifred sans élever la voix. Prétentieux, glacé, imbu de son système de convenances... Il n'est qu'un pantin au service d'un monde disparu, sans âme et dangereux.

– Dangereux... Pourquoi ce terme ?

– Parce qu'un personnage comme ce Claid déteste tout ce qui lui échappe : la nature, la joie de vivre, les animaux. Depuis qu'il est arrivé ici, nos ennuis se sont accentués.

– N'est-ce pas un valet de chambre irréprochable ?

– Il sait se mettre en valeur et faire croire qu'il est indispensable ; en réalité, il travaille fort peu et passe son temps à épier les uns et les autres.

– Était-ce l'avis de votre père ?

– Il ne voyait rien, trop préoccupé par ses prochaines inventions.

– Vous-même n'êtes pas souvent au château ; pourquoi porter un jugement aussi sévère ?

Nerveuse, Winifred cassa une branche morte et la brisa en plusieurs morceaux qu'elle jeta par-dessus son épaule.

– Parce que j'ai bénéficié de confidences dignes de foi.

– Votre mère, je suppose ? C'est elle qui s'occupe du château.

– Elle avait pris la décision qui s'imposait.

– Laquelle ?

– Renvoyer Claid.

– Elle ne m'en a pas parlé.

– Décision est peut-être un terme excessif... Disons qu'elle en avait l'intention.

– Pour Oliver Claid, c'eût été un affront inacceptable. Un domestique de sa classe et de sa qualité ne saurait supporter une telle offense.

– Supposeriez-vous... qu'il se soit vengé ? Jamais je n'aurais imaginé...

Scott Marlow nota que les joues de la jeune femme rosirent ; elle paraissait troublée. Pourtant, c'était elle qui lançait le Yard sur la piste de Claid, et elle était trop intelligente pour ne pas tirer les conséquences de ses paroles.

Un couple d'écureuils, dérangé par les promeneurs, escalada à vive allure le tronc d'un vieux chêne et trouva refuge sur une haute branche.

– Rentrons, exigea Winifred, au grand soulagement de Marlow qui préférait mille fois le macadam de Londres au sol toujours humide des sous-bois.

– J'espère que la cuisinière vous paraît moins critiquable.

– Arabella ! Je l'adore, inspecteur ! Elle se sacrifierait pour sauver un animal et n'hésite pas à conserver mille et une friandises qui leur sont destinées. Les malades ont droit à de petits plats, conçus afin de leur redonner du tonus. Arabella est la bonne fée du domaine ; sans son aide, je ne parviendrais pas à soigner une faune aussi abondante. Elle est mon modèle ; la seule prière que j'adresse au ciel, c'est de vieillir comme elle et de lui ressembler.

– Le cousin de votre père accepte-t-il votre mode de vie ?

– Stephen Hampton ? Je m'en moque. Qui pourrait échanger trois mots avec un individu pareil ? Il n'existe pas de plus sinistre rabat-joie. À croire qu'il vient toujours d'un enterrement et qu'il se prépare à en suivre un autre ! Il se prend tellement au sérieux qu'il doit s'ennuyer avec lui-même.

– Pourquoi votre père acceptait-il sa présence au château ?

– Une très vieille amitié, qui s'est doublée de liens professionnels lorsque Stephen est entré au Bureau des inventions. Depuis plus de deux ans, nous ne nous sommes pas adressé la parole.

La jeep repartit de plus belle, indifférente aux bosses qui jalonnaient le chemin de terre.

– Serait-il un ennemi déclaré ?

– Même pas, simplement un individu glacial. Pourtant... pourtant, il n'aime pas les animaux, eux se méfient de lui. Je crois même qu'ils en ont peur.

– Quelle conclusion en tirez-vous ?

– Si mon père a été assassiné, Stephen ferait un excellent assassin.

– C'est une accusation d'une extrême gravité, souligna Scott Marlow, qui n'avait guère apprécié les propos de la jeune femme sur le valet de chambre et n'admettait pas que l'on salit à la légère l'honneur d'un homme.

– Vous êtes Scotland Yard, non ? Cherchez la vérité, et trouvez-la.

CHAPITRE X

La jeep arriva en vue du château.

– Allons plus loin, suggéra Higgins ; vous ne connaissez qu'une petite partie de l'existence de Stephen Hampton, puisqu'il ne réside ici que le week-end. Que savez-vous de l'autre partie ?

– Rien, inspecteur, absolument rien ! Si ce sinistre personnage est pétri de vies cachées, je les ignore. À dire vrai, je suis persuadée qu'il n'aime que lui-même. Est-il un mal plus irrémédiable ?

Scott Marlow fut heureux de descendre de ce véhicule dépourvu de toute suspension ; il aurait besoin d'une série de massages et craignait d'avoir une côte fêlée. Pour une enquête qui déboucherait peut-être sur un simple constat d'accident, le prix était élevé ! Or, d'après ce qu'il avait entendu jusqu'à présent, le superintendant ne concluait pas en faveur d'un crime.

Dès qu'elle eut déposé les deux policiers devant l'entrée principale du château, Winifred repartit en trombe vers son sanctuaire.

– Étrange personnalité.

– Un beau caractère, estima Higgins.

– Nous piétinons, à mon avis.
– Trop tôt pour l'affirmer.
Une voix de femme les interpella.
– Ces messieurs de Scotland Yard se donneront-ils la peine d'entrer ?
Higgins se crut victime d'une hallucination.
Sur le seuil de la vaste demeure, c'était Mary en personne ! Le même visage, la même allure, le même tablier blanc immaculé, les mêmes poings sur les hanches... Reprenant ses esprits, l'ex-inspecteur-chef constata qu'il s'agissait d'un sosie presque parfait. Si le caractère était identique, l'interrogatoire s'annonçait des plus difficiles.
– Je vous ai préparé un chocolat chaud, des muffins et un gâteau aux noix ; même dans la police, on a besoin de se restaurer. La pauvre madame Griffiths est si bouleversée qu'elle ne songe même plus à ses devoirs les plus élémentaires ; je suis ici pour la suppléer.
Arabella Peer leur fit les honneurs d'une cuisine spacieuse, claire et propre. Au-dessus de la cheminée, où l'on pouvait faire rôtir du gibier, une batterie de cuisine en cuivre, astiquée à la perfection. Sur de petits guéridons en demi-cercle, incrustés dans les murs, une cafetière et une théière en argent, des tasses en porcelaine au décor floral, des casseroles en argent et en étain, des assiettes octogonales ou au rebord dentelé. Ce n'étaient que quelques-uns des trésors d'Arabella Peer qui, chaque semaine, changeait les pièces exposées.
– C'est ici que Mme Griffiths et moi-même avons entendu cet effroyable choc, indiqua la cuisinière ; le facteur venait d'arriver et nous lui parlions par la fenêtre. C'est bizarre... Nous avons tous eu le sentiment qu'un malheur venait de se produire. On aurait pu songer à la chute d'une énorme branche ou à je ne sais quoi d'autre.

– Mme Griffiths a-t-elle prononcé quelques mots ?

– Je ne m'en souviens plus, mais je ne crois pas. Elle a demandé au facteur d'aller voir, dans l'allée de platanes, là d'où le bruit semblait venir. Quand le pauvre homme est revenu, il n'a pas osé dire la vérité. Mme Griffiths s'est aussitôt rendue sur le lieu de l'accident... Quelle horreur, mon Dieu, quelle horreur et quelle injustice !

Arabella Peer essuya une larme avec un coin de son tablier.

– Monsieur était la bonté incarnée. Il était fou et imprévisible, certes, mais tellement merveilleux ! Et sa gourmandise était une qualité que j'entretenais de mon mieux. Avec madame, ils formaient un couple comme on n'en voit plus guère de nos jours. Jamais une dispute, jamais un désaccord, une complicité de chaque instant... La vie les amusait, et ils prenaient plaisir à être heureux et à rendre les gens heureux autour d'eux. Cet accident est injuste, trop injuste ! Mais je parle, je parle, et je ne vous sers pas votre chocolat... En raison de votre grade, je vous ouvre le salon ovale.

– Inutile, dit Higgins, nous sommes très bien ici.

La cuisinière fronça les sourcils.

– Ce n'est pas très protocolaire, mais enfin... Asseyez-vous.

Les policiers prirent place sur deux confortables chaises rempaillées, disposées devant une table basse.

– Vous préférez peut-être du thé ?

– Le chocolat nous convient à merveille.

Comment Higgins aurait-il pu avouer qu'il était le seul sujet de Sa Très Gracieuse Majesté à détester le thé ? Il avait réussi à préserver ce lourd secret, parfois au prix de véritables tours de magie. Marlow, qui eût préféré une boisson plus tonique, fut surpris par l'onctuosité du chocolat et sa saveur parfumée.

– Pour tout dire, continua la cuisinière, John Arthur Llewyn Griffiths, duc de Motherwell, était un génie, et j'ai eu l'immense chance de le servir pendant de trop courtes années.

– Vous nous faites le portrait d'un demi-dieu, remarqua le superintendant.

– Pourquoi demi ? Ici, au Pays de Galles, nous savons que les dieux prennent parfois un corps d'homme pour agir. Un esprit bénéfique habitait le duc ; si vous l'aviez connu, vous n'en douteriez pas un instant.

Le chocolat d'Arabella Peer était presque aussi bon que celui de Mary ; Higgins ne bouda pas son plaisir et en accepta une seconde tasse.

– Vous ne mangez rien, reprocha la cuisinière à Scott Marlow ; pourtant, dans votre métier, on doit garder des forces en toutes circonstances.

Oubliant les exigences du régime qu'il s'imposait depuis la veille, Marlow s'abandonna aux douceurs offertes.

– Le duc commettait-il des imprudences au volant ?

– Aucune, inspecteur ; ce n'était pas un homme distrait. Lorsqu'il était occupé à une tâche précise, il se concentrait sur celle-ci et oubliait le reste. Bien qu'il ait conduit fort jeune, il n'avait jamais eu le moindre accident.

– Comment expliquez-vous ce drame ?

La question prit Arabella Peer au dépourvu.

– L'expliquer... Mais pourquoi l'expliquer ? C'est la fatalité, sous son jour le plus cruel !

Higgins prit quelques notes sur son carnet noir.

– Et s'il ne s'agissait pas de la fatalité ?

Le regard de la cuisinière vacilla.

– Je ne comprends pas, inspecteur.

– Un bruit court, et nous sommes ici pour le dissiper ou le confirmer.

– Quel bruit ?

– On aurait assassiné le duc de Motherwell.

Arabella Peer lâcha le couteau avec lequel elle beurrait un toast.

– Qui ose répandre une telle horreur ?

– Acceptez-vous de nous aider à établir la vérité ?

– La vérité est toute simple, inspecteur : le duc a perdu le contrôle de son véhicule et a percuté un platane à une vitesse telle qu'il n'a pu survivre au choc.

CHAPITRE XI

– C'est tout à fait possible, admit Higgins, et c'est même l'hypothèse la plus plausible. Néanmoins, j'aimerais dissiper le doute.

– Avez-vous examiné la voiture ? Si elle a été sabotée, les techniciens s'en apercevront !

– Les investigations sont en cours, mais la technique ne nous apporte pas toujours la bonne solution.

Scott Marlow se garda de commenter ce jugement hâtif ; il nota que l'hypothèse formulée par Higgins avait beaucoup troublé la cuisinière.

– Nous nous sommes promenés avec Winifred, rappela Higgins ; c'est une jeune femme au tempérament affirmé.

– Vous pouvez le dire, inspecteur ! C'est une bonne plante, mais aussi un animal indomptable. Belle comme elle est, elle devrait avoir un bon mari... Mais seule sa ménagerie compte. Les hommes n'existent pas. Remarquez, ses pensionnaires, je les aime bien ; même le vieux sanglier s'aventure parfois jusqu'ici afin de déguster le bol de lait que je pose sous la fenêtre. Winifred sera bien obligée de composer avec l'existence ; elle apprendra que l'on ne peut vivre ainsi jusqu'à l'âge mûr.

– Existerait-il des prétendants ?

– Pas à ma connaissance, mais cette petite est si secrète que rien ne filtrera.

– Étiez-vous d'accord pour l'adoption ?

– Enthousiaste, et je n'ai pas été déçue ! Le duc et son épouse ont eu la chance d'avoir deux enfants originaux, très attachés à cette terre. Quelle plus belle récompense, pour des parents ?

– Le duc n'était-il pas triste de ne pas avoir de successeur ?

– Le mot « tristesse » ne faisait pas partie de son vocabulaire ; le comportement de ses enfants le rendait pleinement heureux. L'adoption est une loterie, inspecteur ; le duc avait tiré deux bons numéros.

– Même Edward ?

– Qu'est-ce que vous lui reprochez ?

– Il me paraît plutôt sauvage.

– Est-ce un motif de suspicion aux yeux de Scotland Yard ?

– Pas davantage qu'une amabilité excessive.

Marlow accepta une troisième tasse de chocolat chaud et dégusta son sixième muffin ; vue sous cet angle, la campagne galloise lui paraissait plus riante.

– Edward est un garçon courageux et travailleur ; à lui seul, il remplace au moins cinq hommes. Pas une journée de repos, quelques rares moments de détente au coin du feu. Sans lui, que deviendrait ce domaine ?

– Était-ce son père qui lui avait demandé de travailler aussi dur ?

– Pas du tout ! Edward est un amoureux fou de la nature, sous tous ses aspects. Il ne redoute ni la neige, ni la pluie, ni le vent ; il passe quantité de nuits à la belle étoile, hiver comme été.

« Quelle santé ! », pensa Higgins dont le genou droit

commençait à devenir douloureux, malgré le temps chaud et ensoleillé. Sans doute un orage s'annonçait-il ; il lui faudrait absorber plusieurs fois par jour une dizaine de gouttes de teinture-mère d'*Arnica Rhustoxicodendron*, remède miraculeux pour les arthrosiques et les rhumatisants.

La cuisinière, le regard franc et direct, fixa l'ex-inspecteur-chef.

– N'accusez pas ce garçon d'un quelconque forfait ; ce serait une erreur grave. De plus, vous auriez affaire à moi.

Marlow avala de travers une bouchée de muffin ; menacer un représentant de la police de Sa Majesté s'apparentait à un délit.

– Edward vit-il tout à fait seul ? interrogea Higgins.

– La nature lui suffit, et il n'a peut-être pas tort ; les femmes sont souvent une cause de désagrément. On ne rencontre pas tous les jours une Kate.

– Comment parvenez-vous à préparer un chocolat aussi délicieux ?

Le compliment fit rosir la vieille demoiselle ; elle s'aperçut que l'ex-inspecteur-chef ressemblait un peu au duc de Motherwell : même élégance naturelle, même ton de voix charmeur, mêmes yeux vifs et pétillants.

– C'est un secret, confessa-t-elle ; même à Scotland Yard, je n'ai pas le droit de le révéler.

En bonne Galloise, Arabella Peer avait ce caractère « fier comme le sommet des collines vertueuses, ombrageux comme le soleil voilé des étés incertains, courageux comme les vagues inlassables d'une mer perdue, mystérieux comme les nuages venus d'un continent caché », selon le poème en prose intitulé *Sentiers et sentiments gallois*, dû à la plume lyrique de Harriet J.B. Harrenlittlewoodrof, promise au prix Nobel de littérature.

– Stephen Hampton ne devrait pas tarder à nous rejoindre, observa Higgins.

– Avec ces maudites grèves de train, il risque d'être en retard.

– Pour lui, le choc risque d'être terrible ; venir se reposer ici et apprendre que son meilleur ami vient de mourir...

– Ne vous préoccupez pas trop de ce personnage.

– Serait-il sans cœur ?

– À mon avis, il n'aime que lui-même ; son confort personnel est sa seule préoccupation. De plus, il est rébarbatif à souhait. Personne ne peut se vanter de l'avoir vu rire !

– Le duc le tenait pourtant en haute estime.

– Parce qu'il croyait que Stephen Hampton travaillait dur ! Quelle erreur... Moi, je suis persuadée qu'il se contente d'être un petit fonctionnaire tatillon, paresseux, les yeux fixés sur l'horloge.

– Terrible portrait ; repose-t-il sur des faits concrets ?

– Mon instinct me suffit.

– Si, par malheur, la mort du duc n'est pas accidentelle, ce M. Hampton ne serait-il pas le parfait coupable ?

La cuisinière sourit.

– Il est beaucoup trop lâche pour tuer quelqu'un et tout à fait incapable de s'attaquer au duc. Ce dossier le tétanisait , imaginez un rat face à un aigle ! Que pouvait entreprendre le malheureux Stephen ? Bénéficier d'un tel cadre pour ses congés était un fabuleux privilège.

– Mme Griffiths y mettra-t-elle fin ?

– Elle est dépourvue de méchanceté ; comme Hampton se plaint de sa santé médiocre, elle n'accablera pas un ami malade.

– De quoi souffre-t-il ?

– Jambes lourdes, migraines, que sais-je encore ! Bref, il s'écoute. Si c'était moi qui l'avais en main, il se remuerait davantage.

Scott Marlow sentit une douce somnolence le gagner. Le chocolat chaud avait cerné son foie et investi sa vésicule, ne leur laissant aucune chance d'éliminer pendant un bon moment.

– Quelles sont vos relations avec Oliver Claid ? interrogea Higgins.

– Nous ne sommes pas du même monde ; lui appartient à l'aristocratie des domestiques, moi je suis une cuisinière campagnarde. À chacun son domaine et ses responsabilités ; il ne pénètre jamais ici, je ne m'aventure pas sur son territoire. Quand il nous arrive, rarement, d'échanger quelques mots, ils sont relatifs à la bonne tenue de la demeure.

– Il s'occupe de tout, au château.

– De tout, et avec une réelle efficacité ; il se dévoue pour cette maison comme si elle lui appartenait.

– Votre admiration me semble teintée de méfiance.

– Eh bien... cet Oliver Claid me fait un peu peur. Il va et vient en silence, se déplace sans se faire remarquer telle une araignée tissant sa toile !

– Le duc et son épouse en étaient-ils satisfaits ?

– Impossible de trouver mieux... mais tout de même, il n'est pas rassurant.

– Où le trouverai-je ?

– À cette heure-ci, il doit astiquer les boules de cuivre du grand escalier.

– Merci de votre aide.

– Je crains d'avoir été plutôt inutile.

– Vous vous trompez.

– Vraiment ?

– Vraiment.

– Il ne s'agit pas d'un crime, n'est-ce pas ?

– Souhaitons-le.

CHAPITRE XII

Marlow se leva avec difficulté ; une ou deux heures de sommeil eussent été nécessaires pour assurer une digestion paisible. Higgins et le superintendant sortirent de la cuisine, après s'être confondus en remerciements, traversèrent le hall et se dirigèrent vers le grand escalier qui conduisait aux chambres.

– Toujours pas de crime en vue, estima Scott Marlow.

– L'horizon va peut-être s'éclaircir.

Au sommet de l'escalier, un homme grand et digne, d'une cinquantaine d'années, portant jaquette, gilet rayé et pantalon noir, passait un chiffon doux sur une grosse boule de cuivre, afin de la faire briller comme un soleil. Le visage allongé, orné de légers favoris entretenus avec un soin extrême, paraissait à jamais figé dans une expression de distinction quelque peu dédaigneuse. Autour de lui régnait un parfum élégant, à base de bois de santal.

– Bonjour, messieurs, bienvenue à Motherwell.

– Pourrions-nous vous parler, M. Claid ?

– C'est que... mon travail n'est pas terminé.

– La venue de Scotland Yard ne doit pas vous surprendre, je suppose ?

– En effet. Que penseriez-vous d'un endroit plus discret ?

– À votre gré.

– Je vous propose ma chambre.

La « chambre » d'Oliver Claid était un confortable appartement de trois pièces. Le valet de chambre reçut les deux policiers dans un salon ; la stricte décoration victorienne, dont le plus beau fleuron était un buste en plâtre de la grande reine, ravit Scott Marlow.

– Que désirez-vous boire ? Whisky écossais, vin français ou banal gin-tonic ? À moins qu'un porto de bonne origine...

Marlow opta pour un whisky, Higgins pour un porto.

– J'ai fait mon service dans la Navy, déclara Oliver Claid, et non dans la Royal Air Force, ce repaire de voyous ; mon père m'a appris mon métier, et j'ai eu l'honneur de servir Sa Majesté la reine. Je déteste les rhododendrons et les géraniums, exclus de la décoration florale d'un domaine digne de ce nom ; ici, vous ne trouverez aucun napperon de dentelle sur les meubles, indice d'un goût des plus douteux. Je fais livrer les chandelles par Price's Patent Chandle Company Limited et le bacon par Dewhurst ; le café vient de Nairobi. Dois-je vous en dire davantage pour vous éclairer sur mes références ?

– Ce ne sera pas nécessaire, estima Higgins.

Marlow regrettait la raréfaction de ce type de domestiques, capables de préserver étiquette et protocole dans un monde de plus en plus vulgaire ; grâce à eux subsistait encore l'idéal de l'Empire.

– Si nous sommes ici, continua l'ex-inspecteur-chef, c'est à cause de votre intime conviction.

– Merci de votre promptitude ; j'ai toute confiance en la police de Sa Majesté, dont chacun sait qu'elle demeure la meilleure du monde.

– Pourquoi croyez-vous que le duc a été assassiné ?

– Le mot est très brutal, inspecteur.

– S'il ne s'agit ni d'un suicide, ni d'un accident, je n'en vois pas d'autre.

– Le suicide est exclu.

– Pourquoi ?

– Le duc passait sa vie à mettre au point des inventions ; il bouillonnait des projets les plus divers et n'avait pas la moindre envie de se supprimer.

– Les difficultés matérielles ne l'accablaient-elles pas ?

– Comme d'habitude... et, comme d'habitude, il s'en amusait grâce à son génie.

– N'avait-il pas échoué, cette fois ?

– Au contraire. D'après les confidences dont il m'honorait, sa dernière invention serait des plus rémunératrices. C'est pourquoi il avait décidé de la porter sans attendre à son cousin Stephen Hampton.

– Excluons donc le suicide, admit Higgins, qui couvrait une nouvelle page de son carnet d'une écriture fine et précise. Pourquoi refuser l'accident ?

– Il me paraît invraisemblable.

– Soyez plus précis.

– Le duc de Motherwell était de la race des excellents conducteurs. Concentration, bons réflexes, rapide à bon escient, lent quand il le fallait... Aucun accrochage jusqu'à ce jour fatal. Dans ma position, vous m'accorderez un sens certain des convenances, donc des circonstances. Eh bien, messieurs, je vous l'affirme, cette circonstance-là n'est pas convenable.

La migraine s'empara de Scott Marlow ; ainsi, c'était pour une simple appréciation des convenances que Higgins et lui-même avaient dû se déplacer au

Pays de Galles ! Le superintendant imaginait déjà l'entrevue délicate au cours de laquelle il devrait expliquer à la reine mère que le duc de Motherwell était bien décédé lors d'un accident de voiture tout à fait inconvenant et, de plus, mortel.

– J'insiste, messieurs, reprit Oliver Claid ; mon instinct me trompe rarement lorsqu'il s'agit de mon travail. Or le duc était mon patron, et j'avais la prétention de bien le connaître ; jamais il ne se serait écrasé contre un platane d'une allée dont il connaissait le moindre pouce.

– Si votre raisonnement est juste, précisa Higgins, il ne reste qu'une solution : le sabotage de la voiture. Qui s'occupait de son entretien ?

– C'est là que bât blesse : le duc lui-même. Comme il ne s'est pas suicidé, ma propre réflexion tourne en rond.

– L'assassin, s'il existe, a pu saboter le véhicule sans se faire remarquer.

– Ce n'est pas si simple ; le garage est bien visible de la fenêtre de la cuisine, où Arabella Peer siège la journée durant. Seul le duc y entrait, afin de vérifier ou de réparer l'automobile dont il comptait se servir. De plus, personne, ici, n'a la moindre compétence en mécanique.

– Attendons les résultats de l'expertise : la nature d'un éventuel sabotage nous renseignera peut-être sur son auteur. Avez-vous confiance en Mlle Peer ?

– Je la connais peu et nous n'avons pas l'habitude de nous adresser la parole ; néanmoins, elle me nourrit de manière correcte et donne satisfaction à l'ensemble de la maisonnée. D'après le duc, elle lui est très dévouée. Je lui fais donc confiance.

– Où vous trouviez-vous au moment de l'« accident » ?

– Dans la chambre du duc. Je venais de terminer le

ménage et je m'apprêtais à changer les draps. J'avais laissé les fenêtres ouvertes, afin d'aérer. Et, soudain, un choc effroyable, impossible à décrire.

– Avez-vous tout de suite songé au pire ?

– Non, mais j'ai eu la certitude d'un malheur, sans entrevoir la vérité. J'ai changé les draps, fermé les fenêtres, et je suis descendu au rez-de-chaussée. Mlle Peer était livide. Quand l'épouse du duc est revenue du lieu du drame, elle nous a appris le décès de son mari avec une noblesse et une maîtrise d'elle-même qui méritent d'être saluées. Ce fut l'un des moments les plus pénibles de ma carrière.

Oliver Claid possédait au plus haut point l'art du self-control. Pas un instant, son visage n'avait changé d'expression.

– À présent, M. Claid, suggéra Higgins, si vous me disiez ce que vous pensez réellement de votre patron ?

CHAPITRE XIII

Oliver Claid se haussa légèrement du col, juste assez pour exprimer une indignation relative, sans aller jusqu'à insulter son interlocuteur.

– Un valet de chambre n'a pas d'opinion à exprimer sur son maître ; il lui doit respect, discrétion et obéissance tant que le contrat moral qui les lie n'est pas rompu.

– Le fut-il ?

– À aucun moment. Le duc de Motherwell et son épouse n'ont été coupables d'aucun manquement à mon égard et j'ai agi de même envers eux...

– Ces beaux principes énoncés, n'avez-vous rien d'autre à déclarer sur ce sujet ?

– Rien d'autre, inspecteur.

Scott Marlow ne cessait d'observer le visage allongé d'Oliver Claid ; aucune émotion, même fugace, ne s'y inscrivait.

– Un détail me trouble, avoua Higgins ; pourquoi avez-vous quitté le service de la reine mère ?

– Par nostalgie du Pays de Galles et, plus précisément, de cette région. Bien entendu, je lui ai parlé de mes projets et n'aurais entrepris aucune démarche sans son approbation. Comme elle admirait le duc, et que ce dernier désirait engager un majordome polyvalent, ma mutation s'accomplit dans les meilleures conditions et je ne l'ai pas regrettée. Avoir la responsabilité de l'entretien de ce château est un grand honneur.

– Les chats ne vous dérangent pas trop ?

– Les négociations menées avec leur chef, Charles Quint, ont abouti : ils ne cassent pas et ne salissent pas. Nous sommes donc en excellents termes.

– De même avec M. Hampton ?

Un tic étrange et rare, néanmoins signalé par certains anatomistes, traduisit la nervosité d'Oliver Claid : le lobe de son oreille gauche frétilla.

– M. Hampton est un homme d'une grande correction et d'une parfaite discrétion. Il ne se mêle en rien des affaires du château et ne m'a jamais adressé la moindre remarque désobligeante.

– Des compliments ?

– Pas davantage, mais je n'en attends pas.

– Aucune confidence de sa part ?

– C'eût été indécent, inspecteur.

– À quelles activités se livrait M. Hampton lorsqu'il résidait au château ?

– Repos et lecture.

– Ne sortait-il jamais ?

– Très rarement. J'ai cru comprendre qu'il détestait la nature.

– N'avez-vous jamais eu l'occasion de bavarder avec lui ?

– Une ou deux fois.

– Quels furent vos sujets de conversation ?

– Le temps, inspecteur. Les convenances nous l'imposaient.

– N'avez-vous rien remarqué d'anormal ou d'insolite dans le comportement de M. Hampton ?

– Pardonnez-moi cette question : pourquoi cet interrogatoire ?

– Supposez que vous ayez raison, M. Claid, et que le duc ait été assassiné ; le coupable ne se trouve-t-il pas parmi les personnes qui vivent ici ?

Le visage d'Oliver Claid demeura figé.

– Je n'avais pas envisagé le problème sous cet angle.

– C'est pourtant indispensable.

– J'en conviens, inspecteur.

– Convenez aussi que vous êtes le mieux placé pour avoir remarqué un comportement insolite, qui pourrait être lié aux préparatifs d'un crime.

– Ce n'est pas certain... Je ne m'occupe que de l'intérieur du château.

– Voulez-vous dire que Winifred et Edward échappent à votre contrôle ?

– C'est la vérité.

Dans ce cadre victorien et suranné, Scott Marlow n'avait pas l'impression de mener une enquête, mais plutôt de s'entretenir avec un gentleman paisible et indifférent aux tourments du monde extérieur. Malgré les pressentiments d'Oliver Claid, le superintendant croyait de moins en moins à un crime.

– À votre contrôle, mais pas à votre attention.

– Je saisis mal.

– Winifred n'est pas femme à passer inaperçue.

– Dois-je être sincère, inspecteur ?

– Vous nous obligeriez.

– Les animaux ne sont pas une destinée pour un homme, même s'il s'agit d'une femme. Je désapprouve cette passion excessive qui l'enferme dans sa solitude et l'éloigne d'une existence normale. Une jeune femme d'excellente famille a-t-elle le droit de se comporter ainsi ? À l'évidence, non. Pourquoi ne porte-t-elle pas de belles robes, pourquoi cache-t-elle sa féminité sous des oripeaux de garde forestier ?

– Avez-vous tenté de répondre à cette question ?

– En vain. Peut-être attend-elle un événement qui modifierait le cours de son existence, peut-être a-t-elle peur de sa propre vérité... Comment le saurais-je ?

– Avez-vous fait part de vos critiques au duc de Motherwell ?

– Bien sûr que non ; c'eût été inadmissible.

– Winifred a-t-elle témoigné d'une hostilité quelconque à l'égard de son père ?

– À aucun moment, du moins à ma connaissance.

– La croiriez-vous capable d'un acte abominable ?

– Je suis incapable de me prononcer sur ce point.

– Seriez-vous plus affirmatif à propos d'Edward ?

Le lobe de l'oreille frétilla ; Oliver Claid, dont le visage demeurait inexpressif, ne parvenait pas à réprimer l'animosité qui se glissa dans ses paroles.

– Comment un tel individu peut-il exister ? Rustre, barbare, sauvage... Un véritable homme des bois. Par bonheur, il vit la plupart du temps à l'extérieur et se contente d'une chambrette dont il fait le ménage lui-même.

– Reconnaissez-vous au moins son efficacité ?

– C'était au duc de juger.

– Bien entendu, vous vous êtes abstenu de critiquer son fils adoptif.

– Bien entendu.

– Pas d'autres confidences ?

– Ne suis-je pas déjà allé bien au-delà des convenances ?

Higgins referma son carnet noir.

– Réflexion faite, M. Claid, vos soupçons subsistent-ils ?

– Oui, inspecteur ; je suis persuadé que la mort du duc n'est pas accidentelle.

CHAPITRE XIV

Kate Griffiths frappa à la porte de l'appartement de son majordome ; ce dernier ouvrit aussitôt.

– Veuillez m'excuser ; ces messieurs désiraient m'interroger, et j'ai supposé que nous serions au calme chez moi.

– Excellente initiative, Oliver. Un appel téléphonique de Scotland Yard, pour le superintendant Marlow.

Scott Marlow descendit aussitôt dans le hall. L'appel provenait du garage agréé par la police, dont l'expert avait terminé l'examen de la voiture accidentée ; il souhaitait voir Marlow au plus tôt.

– Nous sommes obligés de partir.

La veuve parut contrariée.

– Une nouvelle en rapport avec le décès de mon mari ?

– Je l'ignore encore.

– Nous reviendrons, déclara Higgins ; j'aimerais m'entretenir avec votre fils et avec M. Hampton.

– Stephen a été retardé par la grève ; je suis désolée de vous imposer ces allées et venues.

– À demain, donc.

La vieille Bentley de Marlow démarra avec un entrain inaccoutumé ; l'air vivifiant de la campagne galloise lui réussissait. Son moteur chantait clair, sa carrosserie frémissait d'aise.

Sur la carte, Higgins repéra le village de Gwtyfyclwr, où était sis le garage agréé. La Bentley avala la dizaine de miles à une belle allure, heureuse de longer des prés d'un vert très tendre et des jardins fleuris où éclataient les couleurs du printemps.

L'expert du Yard était un petit homme gris, sérieux et triste. Depuis plus de trente ans, il scrutait les véhicules accidentés et détectait les plus infimes sabotages avec une surprenante virtuosité. Grâce à ses diagnostics, le Yard était parvenu à remonter la piste de plusieurs criminels trop confiants en leur maquillage technique.

– Voici le véhicule, messieurs ; comme vous pouvez le constater, le choc a été frontal et plutôt violent.

De l'avant de la belle Bugatti, il ne restait qu'un affreux tas de tôles enfoncées et déchirées. Le pare-brise avait éclaté, l'axe du volant était faussé.

– Le duc roulait donc très vite, supposa Marlow.

– Pas obligatoirement ; tout dépend de l'angle du choc qui, dans le cas présent, a été très défavorable au conducteur. La route est en excellent état, bien droite, et autorisait une pointe de vitesse raisonnable. Cette voiture est plutôt résistante, mais les platanes sont si énormes que le résultat ne m'a guère surpris. Avez-vous vu le lieu de l'accident ?

– Pas encore.

– Allez-y ; vous vous rendrez compte par vous-même.

– C'est bien notre intention, indiqua Higgins.

– Quelles sont vos conclusions ? interrogea Marlow, impatient.

– Pas la moindre trace de sabotage.

– En êtes-vous certain ?

Le petit homme gris et triste jugea la question insultante.

– Aucune de mes expertises n'a jamais subi de critique, bien que plusieurs d'entre elles, lors des procès, aient été soumises à l'inquisition des contre-experts les plus acharnés à me nuire. Je suis méticuleux et méthodique, aucune de mes investigations n'est accomplie à la va-vite.

– Je ne voulais pas vous vexer.

– Eh bien, vous l'avez fait. Néanmoins, je persiste et je signe : cette voiture n'a pas été sabotée.

– Merci pour votre travail ; il met un point final à notre enquête.

Le petit homme se coiffa d'un chapeau gris, salua Marlow et monta dans une petite voiture grise.

– Nous n'avons plus qu'à rentrer à Londres ; désolé de vous avoir dérangé, Higgins.

– Il nous reste deux personnes à voir.

– À quoi bon ?

– Que la Bugatti n'ait pas été sabotée est un fait intéressant, je vous l'accorde, mais suffit-il à prouver qu'il ne s'agit pas d'un crime ?

– Comment aurait-il été commis ?

– Il nous faudrait un témoin.

– Pourquoi nous acharner ?

– Un mauvais sentiment.

– Comme Oliver Claid ?

– Négligeriez-vous son avis, superintendant ?

– Il paraît raisonnable et sensé, mais notre dossier est inexistant.

Higgins se dirigea vers le garagiste, un colosse trapu de cent vingt kilos, qui jouait au poste de pilier droit dans l'équipe de rugby locale.

– Connaissiez-vous le duc ? interrogea l'ex-inspecteur-chef.

– Je le voyais passer, répondit le garagiste, la tête dans le moteur d'une Aston-Martin.

– Bon ou mauvais conducteur ?

– Bon conducteur et mauvais client, puisqu'il réparait tout lui-même. Un as de la mécanique, on peut le dire. Pour se faire pardonner, il m'a offert une petite invention qui permet de rajeunir les carburateurs défaillants. Je l'aimais bien, le duc ; dans le coin, on l'appréciait.

– Pas d'ennemis connus ?

– Aucun. S'il y avait beaucoup de seigneurs de ce genre-là, le peuple serait plus heureux.

– Qui est arrivé le premier sur les lieux du drame ?

– Moi.

– Avant l'ambulance ?

– Je suis le chef des pompiers ; quand le facteur m'a appelé du château, j'ai bondi dans ma voiture de service. Hélas, le matériel de réanimation n'a pas été nécessaire ; le duc était mort sur le coup.

– Mme Griffiths ?

– Elle était assise au pied d'un arbre, hébétée. Je l'ai aidée à se lever et à marcher, j'ai bien cru qu'elle allait tomber dans les pommes. Elle a murmuré : « Ce n'est pas possible », puis elle s'est approchée de la voiture.

– A-t-elle pris quelque chose à l'intérieur ?

– Oui, divers objets appartenant à son mari.

– Pourriez-vous les énumérer ?

– Une sacoche, un outil bizarre... Le reste, je ne sais plus. Puis l'ambulance et la police sont arrivées ; un constat a été dressé. J'ai ramené moi-même Mme Griffiths au château, puis je suis allé chercher la carcasse. J'attendais un expert de compagnie d'assurance, et on m'a envoyé celui de Scotland Yard. C'est quand même bizarre, cette histoire... Qu'est-ce qui se passe, au juste ?

– Le duc était un homme important ; nous souhaitons éclaircir les circonstances de sa mort.

– Un bel accident, propre et sans bavures ! J'en ai vu assez pour en être sûr.

– Quelqu'un aurait-il pu en être témoin ?

– Je l'ignore. On va m'embêter encore longtemps, avec cette histoire ?

– Je ne crois pas.

– Tant mieux ! On ira tous à l'enterrement du duc, c'était un homme bien.

La vieille Bentley démarra sans rechigner, de plus en plus vaillante.

– Je vous raccompagne à The Slaughterers ?

– Merci de votre proposition, mon cher Marlow, mais j'ai une autre idée.

– Où désirez-vous aller ?

– J'ai repéré une vieille auberge, non loin du château. Auriez-vous l'obligeance de m'y déposer ?

– Mais enfin, Higgins...

– Demain, j'interrogerai Stephen Hampton, Edward et Mme Griffiths.

– À cause des objets ?

– Ne vous intriguent-ils pas ?

– Si, bien sûr, mais le geste de Mme Griffiths n'a-t-il pas été des plus naturels ?

Connaissant le caractère entêté de Higgins, Marlow n'insista pas ; il n'avait aucune chance de le dissuader. Aussi le déposa-t-il devant la petite auberge, à l'orée d'une forêt. L'endroit lui parut plutôt sinistre.

CHAPITRE XV

Une demoiselle d'une soixantaine d'années, à la mise en plis impeccable, faisait ses comptes. Délicatement parfumée et maquillée, très élégante dans son tailleur gris perle, parée d'un collier de perles ancien et de boucles d'oreilles en or provenant de son arrière-grand-mère, Cynthia Rhyndland ne s'était jamais mariée afin de pouvoir se consacrer à son auberge, dont la réputation était bien établie. Les huit chambres, de bonne taille, étaient décorées avec le plus grand soin, de manière à créer une atmosphère intime et confortable. Chez Cynthia Rhyndland, on devait se sentir mieux que chez soi, entouré de mille et une attentions délicates, depuis la qualité du savon aux algues jusqu'à la bonne odeur des draps lavés en plein air et parfumés à la lavande. L'honneur de la propriétaire était de rendre inoubliable un séjour chez elle ; un personnel restreint, mais hautement qualifié, la secondait. À longueur d'année, elle refusait des clients qu'elle ne jugeait pas dignes de son établissement ; d'instinct, elle différenciait un gentleman d'un voyou, et une femme de qualité d'une pimbêche insupportable. À deux ou trois reprises seulement, elle avait dû supporter les récriminations d'une vieille lady, mécontente d'une marmelade d'Oxford pourtant exquise. Ce type d'injustice blessait Cynthia Rhyndland qui avait appris au cours de sa carrière que certaines personnes se plaignent de tout et de rien, par simple plaisir d'importuner autrui ; celles-là, elle les refoulait sans pitié.

Quand Higgins franchit le seuil de son auberge, la jolie demoiselle fut troublée comme elle ne l'avait jamais encore été auparavant. Cet homme élégant, au costume bleu nuit de la meilleure coupe, à la chemise sur mesure rehaussée d'un parfait nœud de papillon, était porteur d'un mystère. Ni truqueur, ni agressif, il n'entrait dans aucune des catégories qu'avait établies Cynthia Rhyndland. Et quand il se mit à parler d'une voix douce et grave, son charme devint une tentation à laquelle la propriétaire se promit de résister.

– Pardon de vous importuner à cette heure, mais disposeriez-vous d'une chambre pour la nuit ?

– C'est que... Elles sont toutes réservées plusieurs semaines à l'avance.

– Je m'en doutais ; cette auberge est si jolie qu'elle doit attirer la meilleure des clientèles.

Cynthia Rhyndland hésita ; devait-elle ou non dire la vérité ?

– Vous... vous avez de la chance ! Le capitaine de frégate Balfour, un héros de la Navy, s'est décommandé à cause d'un cocktail de l'armée au cours duquel il devait recevoir une nouvelle décoration. Comme il n'arrive que demain, la chambre est libre pour cette nuit.

Le sourire de Higgins la ravit.

– Il est difficile d'avoir davantage de chance, en effet.

– Seulement... Il existe des conditions particulières.

– Je vous écoute.

– Cet officier est âgé et très maniaque.

– C'est excusable.

– Je veux dire que j'ai préparé la chambre à son intention, avec les objets qu'il aime. Si vous pouviez ne rien déranger...

– Je me comporterai comme un chat ; vous ne vous apercevrez même pas de mon passage.

L'aubergiste rosit.

– Je ne vous en demande pas tant...

– Comptez sur ma discrétion.

– J'ai oublié de vous demander votre nom.

– Higgins. En ce qui concerne ma profession et la raison de ma présence chez vous, pourrions-nous en parler au dîner ? Si la démarche ne vous paraît pas trop incongrue, j'aimerais vous inviter. Lorsque tous vos hôtes seront montés se coucher, bien entendu.

Abasourdie, Cynthia Rhyndland s'entendit murmurer un « Oui, avec plaisir » d'une audace inqualifiable. Les jambes en coton, elle fut incapable d'accompagner Higgins à la chambre du premier étage.

L'endroit était bien le paradis d'un militaire nostalgique d'exploits guerriers. Tentures rouge vif, sabres et fusils accrochés au mur, tableaux représentant des victoires de l'armée britannique, photographies de héros, cendriers en forme de canons... De quoi réjouir les rêves d'un officier supérieur en retraite.

Dans son léger bagage, Higgins disposait du nécessaire pour se présenter à un souper fin.

*
**

Dans la salle à manger déserte, véritable boudoir victorien aux stucs dorés, brillait la lumière de trois bougies disposées sur la table, recouverte d'un napperon de Bruges, à laquelle dînaient Cynthia Rhyndland et Higgins. Elle avait revêtu sa plus belle robe, une symphonie en rouge au décolleté presque audacieux, et s'était parée d'un collier rare où alternaient perles et lapis-lazuli ; Higgins avait opté pour une veste en alpaga de chez Stovel and Mason et un pantalon anthracite de chez Trousers. Son parfum, « Tradition chèvrefeuille » de Creed, ravit son interlocutrice.

– Votre cuisine est une merveille, avoua-t-il.

– Je la conçois, et ma cuisinière galloise l'exécute. Je vais vous paraître affreusement incorrecte, mais...

– Vous avez raison de me rappeler ma promesse ; nous en sommes aux infusions, et je dois la tenir. Bien qu'étant à la retraite, je mène encore, à l'occasion, une enquête pour Scotland Yard.

– Mon Dieu, un inspecteur, ici, chez moi ! Comme c'est excitant !

Higgins avait attendu ce moment avec appréhension. Soit son hôtesse se fermait comme une huître, soit elle coopérait. Par bonheur, elle ne semblait pas hostile.

– Pour être tout à fait sincère, j'ai besoin de votre aide.

– Elle vous est acquise, inspecteur ; de quel horrible crime s'agit-il ?

– De l'accident de voiture où le duc de Motherwell, John Arthur Llewyn Griffiths, a trouvé la mort.

Cynthia Rhyndland parut un peu déçue.

– Scotland Yard dépêche un homme comme vous pour enquêter sur un accident de la route ?

– Peut-être masque-t-il un fait plus grave.

– Ah ? On aurait saboté la voiture du duc ?

– L'expertise a prouvé que non.

– En ce cas...

– Que pensiez-vous du duc ?

– Un homme remarquable, marié à une épouse délicieuse. Deux enfants adoptifs plutôt originaux, Winifred qui a une passion pour les animaux, et Edward, un amoureux fou de la nature. Deux domestiques gallois, zélés, sérieux et sans défauts. Et puis un cousin plutôt rébarbatif, mais très convenable. Bref, une famille sans histoire, qui faisait honneur à son nom et au Pays de Galles. Pas un ragot sur leur compte, aucun travers à leur reprocher.

– S'il en existait un, vous le sauriez.

– Vous pouvez en être certain, inspecteur ; dans cette région, rien ne m'échappe... Non que je sois particulièrement curieuse, mais tous les bruits finissent par parvenir ici.

C'était bien ce que Higgins avait supposé en repérant la coquette auberge ; mais il s'était attendu à d'autres révélations.

– Il est rare de nos jours d'entendre parler ainsi d'une famille heureuse.

– C'est exact, inspecteur, et l'on doit s'en réjouir. Après l'infusion, accepterez-vous une liqueur de prunes locale ?

Le breuvage était puissant et digestif.

– J'aimerais vous confier une mission.

Cynthia Rhyndland rosit.

– À moi ?

– Une mission très délicate.

– J'accepte d'avance.

– J'ai le sentiment, peut-être injustifié, qu'un témoin a assisté à l'accident.

– Disposez-vous d'une piste ?

– Hélas, non ! Si ce témoin existe, vous êtes la seule personne capable de le découvrir.

– Vous avez raison ; rendez-vous ici, demain soir.

La détermination de l'aubergiste n'était pas feinte ; collaborer avec Scotland Yard, et surtout avec cet inspecteur si raffiné, l'excitait au plus haut point.

CHAPITRE XVI

Après un somptueux petit déjeuner à l'ancienne, où la marmelade d'Oxford rivalisait de délicatesse avec l'arôme d'un pur arabica et le croustillant des toasts au pain complet, Higgins se dirigea, à pied, vers le château. Ce printemps gallois était fort surprenant : pas de brouillard matinal, un ciel d'un bleu méditerranéen, une douce chaleur, des prés couverts de fleurs et des arbres épanouis.

La grande allée de platanes était une merveille. Plutôt à l'aise dans le sud de la France, ils se plaisaient sur le domaine de Motherwell. Ils rappelèrent à Higgins une autre allée semblable, celle qui menait au château du Tholonet, près d'Aix-en-Provence, où, grâce à Mozart, il avait pu résoudre l'une des plus étranges affaires de sa carrière*.

Arbres qui vivez dans le ciel,
Têtes géantes aux souvenirs de pluie,
Amants des saisons éternelles,
Arbres, vous fécondez la terre

* Voir *Noces mortelles à Aix-en-Provence.*

chantait Harriet J.B. Harrenlittlewoodrof dans ses *Sonnets gallois*, dont Higgins possédait un exemplaire rarissime. Mais l'ex-inspecteur-chef ne se préoccupait guère de poésie en examinant le tronc de l'arbre blessé par le choc. Une partie de l'écorce avait volé en éclats, mais le colosse semblait indifférent ; au printemps prochain, les traces de l'accident auraient presque disparu. Pour l'énorme platane, il ne s'agissait que d'une égratignure.

En examinant la route, Higgins ne constata aucune trace de freinage. Le duc était sorti de la ligne droite sans songer à ralentir. Une hypothèse toute simple venait à l'esprit : un malaise. Pour en être tout à fait certain, une autopsie eût été nécessaire ; mais comment imposer pareille épreuve à Kate Griffiths alors qu'aucune preuve du crime n'avait été apportée ?

L'ex-inspecteur-chef demeura plus d'une heure sur le site, allant et venant, passant d'un arbre à l'autre. Il s'imprégna du génie du lieu, de son atmosphère, chercha à percevoir si un crime s'était produit à cet endroit. Higgins avait souvent constaté qu'un endroit marqué par un événement fort gardait une mémoire.

Son enquête, bien qu'attentive et réfléchie, le laissa dans une pénible indécision. Il ne s'agissait certes pas d'un banal accident, mais pouvait-on parler d'un crime ? Conformément à sa règle de conduite, l'ex-inspecteur-chef se garda de figer sa pensée. Puisqu'une solution claire lui échappait, il devait la laisser libre et ouverte.

*
**

La lumière du printemps embellissait le château de Motherwell, vaste et paisible demeure où le bonheur de vivre semblait tenir à l'écart les tragédies. Les murs puissants, mais non rébarbatifs, apparaissaient comme des sentinelles vigilantes capables de repousser le malheur. La finesse des tourelles d'angle évoquait davantage une villa italienne de la Renaissance qu'un château fort ; aucune armée ne s'était lancée à l'assaut du portail d'entrée.

Mains croisées derrière le dos, Higgins progressait lentement le long du parterre de fleurs. La séduisante Kate Griffiths vint à sa rencontre. Elle se força à sourire, sans parvenir à effacer la profonde tristesse qui l'affectait.

– Désolé de vous importuner.

– Nous vous attendions, inspecteur. Stephen Hampton est arrivé hier soir, fort tard, à cause de la grève des trains ; il a pris un taxi, et a pesté contre cette dépense.

– Lui avez-vous appris la terrible nouvelle ?

– Ce ne fut pas facile...

– Comment a-t-il réagi ?

– Il m'a écoutée, n'a plus prononcé un seul mot, puis est monté dans sa chambre. Ce matin, Arabella lui a monté son breakfast. Il était choqué, absent ; pour lui, c'est une épreuve abominable. Je crois que mon mari était son meilleur ami. À présent, le voici condamné à la solitude et au souvenir.

Higgins et la veuve marchèrent côte à côte ; il ressentit la désespérance de cette femme dont la prestance parvenait à cacher les sentiments.

– Stephen acceptera certainement de vous recevoir. Justement, le voici.

S'avança vers eux un homme grand, voûté, au nez proéminent, vêtu d'un costume gris fatigué.

– Je venais prendre de vos nouvelles, Kate.

– Merci, Stephen ; je vous présente l'inspecteur Higgins, qui désire s'entretenir avec vous.

Stephen Hampton ne manifesta aucune émotion.

– Nous pourrions parler dans ma chambre, inspecteur, et laisser Kate se reposer.

– Cela va de soi.

Le cousin du duc se déplaçait avec raideur, tout en gardant le dos voûté. Âgé de soixante-trois ans, il semblait porter un poids très lourd sur les épaules.

– Ne préférez-vous pas faire quelques pas dehors ? suggéra Higgins.

– J'ai horreur du soleil et du grand air.

En entrant dans la chambre du fonctionnaire, Higgins comprit qu'il ne mentait pas. L'endroit sentait le renfermé, comme si les hautes fenêtres n'avaient pas été ouvertes depuis des mois. Sur les murs d'un verdâtre peu engageant, des reproductions de figures géométriques. Un lit bas, en bois blanc, une table carrée, des chaises sans confort et sans élégance.

– La moindre lumière me donne des coups de soleil, expliqua Hampton. Ici, je suis bien.

L'ex-inspecteur-chef avait affronté quantité de mondes et de climats différents, mais celui-là était, de loin, le plus étouffant. De son bureau londonien à cette chambrette étroite et sans clarté, l'univers du petit fonctionnaire n'avait rien d'exaltant.

– Avez-vous choisi vous-même cet endroit ?

– Le duc m'a cent fois proposé de m'installer au premier, où il y a plusieurs pièces inoccupées, mais elles sont bien trop vastes. Je n'ai pas de si grands besoins.

– Quelle tragique disparition !

– Tragique, en effet. Lorsque Kate m'a appris la disparition de son mari, j'ai refusé d'y croire. Il m'a fallu digérer la nouvelle, comme un plat trop lourd.

– Fatale erreur de conduite.

– Ça m'étonnerait.

– Pourquoi donc ?

– John Arthur conduisait bien, et il connaissait parfaitement sa Bugatti. À moins d'imaginer une défaillance mécanique...

– Ce n'est pas le cas.

– Comment expliquer qu'il ait brusquement quitté une allée toute droite, dont il connaissait le moindre pouce, pour percuter un platane de plein fouet ? Il y aurait peut-être une explication...

– Je vous écoute.

– Défaillance cardiaque, mais c'est exclu ; John Arthur avait une santé de fer. Désirez-vous une tasse de thé ?

– Merci, non.

Stephen Hampton pénétra dans sa petite cuisine, fit bouillir de l'eau et y trempa un sachet de médiocre qualité. Fatigué, il s'assit à sa table, pendant qu'Higgins contemplait les figures géométriques, extraites d'un manuel scolaire.

– C'est beau, n'est-ce pas ? À l'école, je brillais en géométrie. Des lignes pures, droites, bien tranchées, qui ne laissent pas de place à l'à-peu-près.

– Comment jugez-vous votre cousin ?

– John Arthur était une sorte de prédestiné. Dès l'âge de sept ans, il a commencé à inventer mille et un procédés techniques dans des domaines qu'il connaissait à peine. La simple lecture d'un livre spécialisé faisait jaillir des hypothèses, les unes farfelues, les autres applicables.

– Était-il distrait ?

– Au contraire ! Lorsqu'il se penchait sur un problème, il faisait preuve d'une extraordinaire capacité de concentration et abolissait le monde extérieur.

– Était-il homme à perdre des notes ou des papiers ?

– Il n'existait pas d'individu plus organisé. De temps à autre, il se débarrassait de l'inutile et du suranné ; mais ses inventions étaient classées avec soin, et il rédigeait les modes d'emploi avec une remarquable clarté. Pour la science et la technologie, le décès de John Arthur Llewyn Griffiths, duc de Motherwell, est une perte irréparable.

– Son existence quotidienne n'était pas des plus faciles...

– Oui et non. Il était plutôt inadapté aux temps actuels, j'en conviens, mais il retombait sur ses pieds avec l'agilité d'un chat. Une bâtisse comme celle-là coûte cher, vous vous en doutez : les tentures, le chauffage, la plomberie, l'entretien des décors historiques, les restaurations... Si l'argent venait à manquer, John Arthur demandait une invention à son cerveau génial. Et il n'a jamais échoué !

– N'avait-il aucun défaut ?

– Le plus grave de tous : l'enthousiasme. Je le lui ai souvent reproché, mais il rétorquait que l'enthousiasme était la vraie vie. Quelle baliverne ! La rigueur géométrique, voilà la vraie vie, dont tout dépend. L'enthousiasme, l'enthousiasme... L'univers est-il enthousiaste ?

Higgins eût volontiers répliqué que la lumière du soleil et des autres étoiles contenait bien cet enthousiasme, inépuisable force créatrice que les Anciens attribuaient aussi aux hommes de cœur, mais il jugea inutile de tenter de convaincre Stephen Hampton. Un simple argument ne percerait pas la carapace de glace dont il s'était entouré.

– Pourquoi ne résidez-vous pas à Londres en permanence ?

– Parce qu'une vieille amitié, outre nos liens familiaux, m'unissait à John Arthur. C'est lui qui tenait à m'offrir son hospitalité ; c'est lui, aussi, qui m'a offert mon petit deux-pièces, près de mon bureau. Comme la richesse ne m'a jamais intéressé, il a jugé de son devoir d'agir ainsi.

– Enthousiaste, mais généreux.

– Si vous voulez.

– Vous ne semblez guère reconnaissant.

– Il avait de la fortune, une intelligence supérieure, beaucoup de facilités... Pas moi.

– Appréciez-vous son épouse ?

– Pour John Arthur, c'était la femme idéale. Personne n'est jamais parvenu à glisser entre eux le moindre motif de discorde.

– Vous avez néanmoins préféré le célibat.

– Je ne veux pas d'ennuis. Mais dites-moi, inspecteur... Scotland Yard a-t-il l'habitude d'enquêter sur les accidents de voiture ?

– Lorsqu'ils sont suspects, oui.

– Suspects... Que voulez-vous dire ?

– Que l'accident qui a causé la mort du duc de Motherwell n'en est peut-être pas un.

Les yeux de Stephen Hampton se rétrécirent.

– Si ce n'est pas un accident, alors...

– Un crime.

– En avez-vous la preuve ?

– Je la recherche.

– Qui ose avancer pareille monstruosité ?

– Il s'agit d'une intime conviction.

– Et cela vous suffit pour déclencher une enquête !

– Disons que cette conviction n'est pas seulement intime, mais aussi très haut placée, et que la mort accidentelle du duc ne paraît guère crédible. Vous-même n'êtes pas très convaincu, semble-t-il.

– C'est vrai, mais de là à envisager un meurtre... Avez-vous abouti à une conclusion ?

– Pas encore, mais j'ai bon espoir.

CHAPITRE XVII

Stephen Hampton se leva, ouvrit la porte grinçante d'un buffet aux formes lourdes et absorba trois sachets de couleur rose.

– Mon foie, expliqua-t-il. Lorsque je suis contrarié, il me tracasse.

Higgins n'aurait pas préconisé la chimie, fût-elle colorée, dans ce genre de maladie, mais il ne sentait pas le raide Hampton prêt à changer d'avis. Le petit fonctionnaire se versa une nouvelle tasse de thé et s'affala sur une chaise, aussi épuisée que lui.

– Je n'ai pas encore rencontré Edward, le fils adoptif du duc, dit Higgins ; j'ai l'impression qu'il me fuit.

– C'est certain ! Ce garçon est une véritable brute, une sorte d'homme préhistorique égaré au XXe siècle. L'hiver, il se promène en chemise et abat des arbres à la hache ; l'été, il se baigne nu dans la rivière et attrape des poissons à la main. La plupart du temps, il passe la nuit à la belle étoile et se nourrit des produits de sa chasse et de sa cueillette. Un dément qu'il faudrait enfermer !

– Sans doute une déception pour le duc.

– J'en suis persuadé, même si John Arthur gardait ses sentiments pour lui. Imaginez-vous un intellectuel aussi brillant que lui obligé d'entretenir un garçon aussi terne ? Le travail manuel est déjà une preuve de médiocrité, mais le travail manuel à la campagne, quelle horreur !

Les longues mains fines de Stephen Hampton ignoraient, de fait, l'usage de la bêche et du rateau qui, aux yeux de Higgins, offrait une forme d'éducation tout aussi importante que celle de Cambridge. Il avait rarement assisté à une telle manifestation de mépris pour l'activité de la main.

– Avez-vous été témoin d'altercations entre le père et le fils ?

Les yeux de Hampton brillèrent d'une lueur méchante.

– Un coupable idéal en vue, inspecteur ? C'est bien possible, en effet ! Je n'ai pas assisté à une scène de cet ordre, mais il est évident qu'Edward est un être violent, capable de défier n'importe qui et de mettre ses menaces à exécution. Dans une crise de fureur, il pourrait fracasser la tête de son adversaire !

– Ce n'est pas ainsi que le duc est mort.

Stephen Hampton eut un vague sourire.

– Je n'accuse pas ce dégénéré de meurtre, je me contente de souligner le danger qu'il représente. Le faire interner serait un acte de salubrité publique.

Le ton s'était légèrement haussé, comme celui d'un fanatique qui s'échauffe à son propre discours.

– Si vous connaissiez des faits précis, M. Hampton, il est indispensable de les exposer.

– Pas de faits précis, inspecteur, mais une évidence.

– Êtes-vous aussi critique sur le compte de Winifred ?

– Hélas, oui ! Je la crois aussi folle qu'Edward. Savez-vous à quoi elle passe son temps ? À s'occuper des animaux les plus invraisemblables ! Je hais les chats, les chiens, les oiseaux, les grenouilles et toutes les créatures exotiques à pattes, à plumes et à poils ! Grâce au progrès, l'homme contrôle la nature ; il devrait en expulser ces espèces nuisibles et inutiles. Comment peut-on aimer les animaux ?

Stephen Hampton s'exprimait de nouveau d'une voix glacée ; les grands inquisiteurs devaient ressembler à cet homme-là.

– La jeunesse triomphante de Winifred m'exaspère, continua-t-il ; elle perturbe la tranquillité de ce domaine.

– Son père s'est-il opposé à sa passion ?

– John Arthur était trop faible pour émettre une protestation quelconque ; sa fille le terrorisait, à mon avis. Cette petite peste se livrait, en toute impunité, à n'importe quelle excentricité. Qui aime les animaux est dangereux pour l'humanité... Une humanité à laquelle son père appartenait.

– L'a-t-elle agressé ?

– Elle était capable de tout ! John Arthur ne se montrait pas assez méfiant. Il ne voyait pas le mal chez autrui. En faisant confiance à ces deux énergumènes qu'il avait cru bon d'adopter, il s'exposait à de graves désagréments.

– À vous entendre, l'atmosphère devait être plutôt irrespirable.

– Moi, je ne m'en occupais pas ; je me contentais du week-end, afin de me reposer.

– Votre travail est-il fatigant ?

– Les gens critiquent toujours les fonctionnaires ; ils ne comprennent pas leurs problèmes et leurs tracas quotidiens. Sans nous, que deviendrait cette société ? J'aurais pu devenir dessinateur, peintre ou artiste, mais j'ai choisi la voie de la sécurité et du sérieux. Qui oserait me le reprocher ? Au bureau, on me considère comme un excellent élément, bien que j'aie refusé des promotions. Ma place me convient et je la conserverai jusqu'à ma retraite prochaine.

– Aucune distraction ?

– Je ne suis pas une girouette ; se distraire est une preuve d'infantilisme. Si l'on mettait plus de plomb dans la tête des jeunes, ils se consacreraient davantage au travail.

– Appréciez-vous la cuisine d'Arabella Peer ?

– Je n'aime ni sa cuisine, lourde et grasse, ni sa tête, perpétuellement réjouie. De quoi peut-on se réjouir aujourd'hui, je vous le demande ? Des grèves, des protestations, de la morale qui se dégrade, des filles impudiques dans les rues... L'Angleterre devrait se reprendre, si elle veut échapper à la décadence.

– Seriez-vous fâché avec Mlle Peer ?

– Depuis toujours ; c'est exactement le genre de femme que je déteste. Méfiez-vous d'elle comme de la peste ; elle est fourbe, agit par en dessous et cache une terrifiante méchanceté derrière son sourire. Un tyran domestique, plus dangereux qu'une vipère ! Par bonheur, je mange peu et je consacre mes week-ends au sommeil.

– Oliver Claid trouve-t-il grâce à vos yeux ?

– Voilà un parfait domestique, estima Stephen Hampton. Pas une erreur, une remarquable distinction, un sens aigu de l'étiquette, de la discrétion, de la réserve, pas le moindre enthousiasme, un esprit glacé... Bel ensemble de qualités, en vérité.

– L'avez-vous complimenté ?

– Vous n'y pensez pas ! C'eût été d'une impudence... inadmissible. Claid n'est qu'un domestique et il n'a pas à recevoir de félicitations. Tenir son rang, voilà son devoir.

Higgins consulta son carnet noir.

– Le duc partait pour Londres, afin de vous remettre le dossier de sa dernière invention.

– Il agissait ainsi lorsque les soucis d'argent devenaient trop pressants ; j'enregistrais aussitôt son texte, qui devenait alors officiel et pouvait être transmis en un temps record aux ingénieurs spécialisés. Lorsqu'un projet portait sa signature, il était examiné sans délai. Rien d'illégal à notre démarche, croyez-le bien ; une simple volonté d'efficacité.

– Vous avait-il parlé de sa dernière invention, du projet qu'il vous apportait ?

– Non.

– Avait-il le goût du secret ?

– Comme tout inventeur. Jusqu'au moment où son texte n'a pas été officiellement enregistré, il vit dans les transes.

– Le duc vous avait-il prévenu qu'il se rendait toutes affaires cessantes à votre bureau ?

– Non.

– Au moment de sa mort, vous étiez à votre travail ?

– Comme chaque jour de la semaine, à l'exception du week-end ; mes collègues vous le confirmeront. Votre question traduisait-elle un soupçon ?

– Simple routine.

– Tant mieux ; si la police commençait à soupçonner des hommes de bien, où irait-on ? Courez dans la bonne direction, inspecteur, et vous trouverez.

– Pourriez-vous être plus précis ?

– J'ai assez parlé comme ça ; après toutes ces émotions, j'aimerais me reposer.

CHAPITRE XVIII

Quand Higgins ferma la porte de la chambre de Stephen Hampton, il entendit un klaxon. Se penchant par une fenêtre du château, il aperçut la camionnette du laitier. Malgré un genou un peu douloureux, il descendit l'escalier sur un bon rythme et aborda le laitier avant qu'il ne reparte.

L'homme était jovial.

– Vous êtes nouveau, ici.

– Je ne fais que passer. Higgins, de Scotland Yard.

– Ah... Un coin superbe, non ?

– Admirable.

– Quel drame, la mort du duc... Un type formidable.

– Vous étiez présent, lors de cette tragédie.

– J'étais ici, en effet ; je livre toujours mon lait à la même heure.

– Avez-vous vu quelqu'un ?

– Winifred et Edward, les enfants adoptifs du duc ; ils soignaient une bête blessée.

Higgins nota la déclaration sur son carnet noir ; le laitier lui jeta un regard étonné.

– C'est important, ce que je vous ai dit ?

– Très important, admit Higgins.
– Suis-je une sorte de témoin ?
– Vous pouvez le dire.
– Vous voudriez en savoir plus ?
– Bien volontiers.
Le laitier se gratta la tête.
– Eh bien... Ils la soignaient, cette pauvre bête.
– Personne d'autre, avec eux ?
– Ah... non ! Je l'aurais vu.
– Plutôt courageux, ces deux jeunes gens ?
– Plutôt, inspecteur ; ils travaillent dur, l'un et l'autre. Dans la région, on les aime bien.
Le laitier regarda sa montre.
– Avec tout ça, je me mets en retard ; si vous avez besoin de moi, inspecteur, n'hésitez pas.
Le livreur bondit dans son véhicule et démarra ; devant le château, il croisa la camionnette pétaradante du facteur. Pendant que le préposé déposait lettres et paquets, Higgins s'approcha à pas rapides, testant ainsi la résistance de ses genoux.
– Vous êtes le policier qui enquête ?
– Les nouvelles vont vite, dirait-on.
– On ne m'a rien dit, mais je suis très observateur ; dans mon métier, on apprend vite à identifier les gens. À votre allure, je suis sûr que vous appartenez à Scotland Yard. Et si vous appartenez à Scotland Yard, vous n'êtes pas ici pour vous promener.
– Belle lucidité, admit Higgins.
Le facteur se pencha vers l'ex-inspecteur-chef.
– Qu'est-ce qui vous paraît louche, au château ? Moi, je n'ai rien remarqué.
– Vous fûtes témoin de l'accident mortel qui a coûté la vie au duc de Motherwell.
– Témoin, témoin, comme vous y allez ! J'apportais le courrier, et je conversais avec Mme Griffiths et la cuisinière quand j'ai entendu ce bruit épouvantable.

Quand Mme Griffiths m'a demandé d'aller voir, je n'étais pas trop fier, mais je n'ai pas osé refuser. C'était affreux.

– L'épouse du duc et Arabella Peer étaient-elles seules ?

– D'après ce que j'ai vu, oui.

– Aucun fait bizarre ?

– Je l'aurais remarqué. Qu'est-ce que vous écrivez, sur votre carnet ?

– Les renseignements que vous me procurez.

– Ça ne me m'attirera pas d'ennuis ?

– Soyez tranquille.

– Bon, je file.

En regardant le facteur s'éloigner, Higgins éprouva une curieuse sensation, comme si l'accueillant château de Motherwell était un domaine de mort, soumis à la férocité de la Grande Faucheuse. Certes, elle régnait sur le monde, ici comme ailleurs ; mais, en cet endroit, elle prenait une allure étrange, comme si elle avançait masquée. Tout paraissait si simple : un banal accident de voiture, la mort d'un génie aimé et estimé, une disparition tragique que recouvriraient bientôt les vagues de l'oubli.

Pourtant Higgins avait la certitude que John Arthur Llewyn Griffiths avait été assassiné et que son âme ne connaîtrait pas la paix tant que la vérité n'aurait pas été établie et le coupable identifié.

Certes, aucun argument logique ne venait appuyer sa conviction ; mais fallait-il pour autant y renoncer ? L'ex-inspecteur-chef feuilleta les pages de son carnet, espérant découvrir dans ses notes un élément décisif. Mais le dossier était encore trop mince. Et il manquait encore un témoignage.

– Une tasse de café, inspecteur ?

Arabella Peer l'interpellait depuis la fenêtre de la cuisine.

– Volontiers.

– Vous avez raison ; il est tout frais. Avec une tranche de mon gâteau au chocolat, il aura encore plus d'arôme.

Higgins ne s'assit pas, préférant inspecter les murs de la cuisine, comme s'il s'agissait d'un endroit particulièrement suspect.

– Chercheriez-vous quelque chose, inspecteur ?

– Sans aucun doute.

– Ici, dans ma cuisine ?

– Investigation douteuse, je l'admets ; c'est parfois notre lot, à Scotland Yard.

– Votre enquête avance-t-elle ?

– J'aimerais voir Edward.

– Méfiez-vous.

– Serait-il dangereux ?

– Disons... qu'il n'aime pas être dérangé. Il faut le comprendre : à force de vivre seul dans la nature, il n'apprécie guère autrui.

– Où se trouve-t-il, ce matin ?

– C'est la saison de la pêche ; il me rapporte des truites.

– Dans quelle direction, cette rivière ?

– Vers le nord, le bois de bouleaux, le sentier aux épineux, le dolmen, et à gauche. Mais est-il vraiment nécessaire d'interroger ce garçon ? Je suis persuadée que la mort de son père l'a beaucoup affecté.

– Mon métier est parfois difficile.

– Que pourrait vous apprendre Edward, sinon vous parler de son chagrin ?

– Tenteriez-vous de protéger, ce garçon, Mlle Peer ?

– Je crains que personne ne se remette de cette tragédie, inspecteur ; nous aurons besoin de la force d'Edward.

– S'il est innocent, qu'a-t-il à craindre ?

La cuisinière fit la moue.

– Innocent... coupable... Pourquoi employer de pareils termes ? Ce n'est qu'un accident, inspecteur, un horrible accident !

CHAPITRE XIX

Le soleil brillait, le ciel était d'un bleu parfait, la rivière coulait avec une vigueur printanière. Sur les rives, des sapins altiers. Higgins, grâce aux indications de la cuisinière, avait pris le bon chemin ; marchant d'un pas régulier et rapide, traversant un superbe paysage, l'ex-inspecteur-chef s'était réjoui du chant des oiseaux et de l'air vivifiant de la campagne galloise.

Au milieu de la rivière, un homme robuste d'une trentaine d'années tenait fermement sa canne à pêche. Il portait de hautes bottes en caoutchouc montant jusqu'à mi-cuisses ; un chapeau à larges bords, bien enfoncé, couvrait sa tête. Un pull-over gris, à col roulé, le protégeait du vent. Le pêcheur utilisait une mouche classique, la Hairy Mary, aussi populaire que la Silver Doctor et la Jack Scott.

Du coin de l'œil, il repéra le promeneur.

– Ne restez pas là, prévint-il d'un ton bourru, vous me gênez.

– Désolé de vous importuner ; Higgins, de Scotland Yard. Vous êtes bien Edward ?

– Qui vous a dit où j'étais ?

– Arabella Peer.

– Quelle vieille bavarde... Quand me laissera-t-elle en paix ? Depuis l'incident, elle me cherche des poux dans la tête.

– De quel incident s'agit-il ?

– J'ai sali sa cuisine. Un véritable crime.

Le fils adoptif du duc de Motherwell était une sorte de colosse, bien campé sur ses jambes, le torse large et la voix grave. D'un coup de poignet, il modifia l'angle de sa canne à pêche et sortit de l'eau une truite de belle taille. Satisfait, il regagna la berge.

– N'écoutez pas Arabella ; elle invente n'importe quoi. Cette sorcière est capable de tout ; moi, j'en ai peur et je me tiens à l'écart.

– Vous ne paraissez guère influençable.

– C'est vrai, mais Arabella Peer est Arabella Peer. Quand on vit dans la nature, on apprend à se méfier des créatures dangereuses.

Edward déposa sa proie dans un panier où gisaient déjà trois truites.

– Est-ce du *sewin* ?

– De la truite de mer ? Non, inspecteur. Je la débusque dans une autre rivière ; une ou deux semaines avant l'arrivée de l'été, le frai de *sewin* colore l'eau.

Edward n'était ni désagréable, ni agressif ; d'un tempérament calme, la parole assurée, il avait des gestes lents et mesurés.

– Pourquoi Scotland Yard se déplace-t-il jusqu'ici ?

– Parce que j'enquête sur la mort de votre père.

Le regard du pêcheur s'assombrit.

– Je ne veux pas en parler.

– Vous aviez beaucoup d'affection pour lui, n'est-ce pas ?

– Je ne comprenais rien à son travail, mais je savais qu'il était un génie.

– Vous ne parliez pas beaucoup avec lui.

– Ce n'était pas nécessaire ; il savait que je l'admirais au-delà de tout. Pour le remercier de sa générosité et du bonheur qu'il m'avait offert, j'entretenais son domaine.

– La nature vous passionne-t-elle au point de lui vouer votre existence entière ?

– Oui, inspecteur. Qu'y a-t-il de plus grand, de plus noble et de plus beau que les saisons, le vent, la pluie et les arbres ? Le soleil m'enchante, la nuit m'envoûte, le moindre brin d'herbe me raconte son histoire. Les hommes sont pauvres, limités et médiocres en regard de la nature ; ils ne me manquent pas.

– Que faisiez-vous lorsque l'accident a eu lieu ?

– J'aidais ma sœur à soigner une bête blessée, j'aurais mieux fait de rester dans la forêt et de ne pas m'approcher du château. Dès que je pénètre dans le monde des humains, une catastrophe se produit. Et celle-là... rien de plus affreux ne pouvait survenir.

– Êtes-vous déjà monté dans une voiture ?

– Jamais. Je hais ce monstre mécanique.

– Votre sœur fut-elle aussi éprouvée que vous ?

– Winifred est une fille bien ; elle aimait son père autant que moi ; mais elle cache ses sentiments. Elle est belle, trop belle.

– Pourquoi ce ton inquiet ?

– Je ne sais pas.

– Quelqu'un a-t-il tenté de la courtiser ?

– Je l'ignore. Moi, je l'admire, ce qu'elle accomplit pour les animaux est magnifique. Quand je suis obligé d'en tuer un afin de nous procurer de la nourriture, je lui demande pardon.

– Elle est furieuse, je suppose ?

– Elle est triste, mais elle l'admet.

– Votre mère acceptait-elle votre style de vie ?

– Kate est une femme admirable. Même lorsque

j'étais enfant, elle ne me donnait pas d'ordres ; je lui exprimais mes désirs, elle m'indiquait s'ils étaient ou non réalisables. J'agissais à mon gré et, quand je me trompais, elle me révélait les raisons de mon erreur. Une vraie mère, attentive, aimante, compréhensive, sévère lorsqu'il le fallait : voilà Kate. Lorsque je lui ai annoncé ma décision d'entretenir le domaine, elle n'a manifesté aucune opposition. Depuis que j'ai adopté ce genre d'existence, qui comble mes vœux, elle n'a pas émis la moindre critique.

– À part la cuisinière, personne ne vous est hostile.

– Vous oubliez Stephen Hampton ! Ce type est un vrai parasite. Il est laid, sec, froid, vicieux et tordu ; mon père était trop bon et trop naïf pour discerner sa véritable nature. Il le considérait comme un ami de longue date et lui accordait l'hospitalité avec sa générosité coutumière ; mais Hampton détestait mon père, j'en suis sûr. Lui, ce petit fonctionnaire aux vues étroites, côtoyant un grand esprit... Une situation impossible. Hampton est l'hypocrisie incarnée ; il fait semblant de rester à sa place et de se contenter de peu, alors qu'il est jaloux de tout le monde, et surtout de la réussite de mon père.

– Détenez-vous des preuves de ce que vous avancez ?

Edward baissa la tête et ferma son panier de pêche.

– Non, ce ne sont que des intuitions ; mais je suis sûr d'avoir raison.

– Je n'écarte pas une hypothèse horrible.

Le jeune homme parut intrigué.

– Laquelle, inspecteur ?

– Votre père a peut-être été assassiné.

– Vous plaisantez ?

– Je ne possède pas d'indice matériel, et je me fonde, moi aussi, sur une simple intuition.

– Qui... qui aurait pu faire ça ?

– Stephen Hampton, par exemple.

Edward réfléchit longuement.

– J'aurais été heureux de vous dire « oui », mais ce n'est pas mon sentiment profond.

– Pourquoi ?

– Parce que Stephen Hampton est un lâche. Il hait, il jalouse, il envie, mais il est incapable de tuer de ses mains. Je peux vous faire une promesse : si mon père a été assassiné, je couperai la tête du meurtrier avec ma hache.

– Pourquoi dites-vous « le meurtrier », et non « la meurtrière » ?

Edward se troubla.

– Eh bien... Le mot m'est venu comme ça. Et puis... Une femme, ce n'est pas possible.

– Détrompez-vous.

– Le coupable ne se trouve quand même pas au château ! Ni ma mère, ni ma sœur, ni la cuisinière ne peuvent avoir commis un tel acte !

CHAPITRE XX

Higgins laissa s'écouler un long silence, comme s'il désirait qu'Edward prît conscience de ses paroles. Le jeune homme, en proie à une très vive agitation, rangea sa canne à pêche, enroula le fil, se blessa un doigt à l'hameçon, pesta, lança un caillou dans la rivière.

– Non, mon père n'a pas été assassiné ; vous faites fausse route. Personne ne serait assez cruel pour supprimer un homme comme lui.

– Même pas Oliver Claid ?

Edward roula des yeux noirs.

– Nous ne nous voyons presque pas, et je ne lui ai jamais adressé la parole. Moi, je vis à l'extérieur, et lui, à l'intérieur. Il ne connaît rien de moi, et moi rien de lui.

– Vraiment rien ?

– Presque rien.

– Que recouvre ce « presque rien » ?

– Un petit vol. Je l'ai vu dérober des bûches, dans un tas que je venais de consolider pour l'hiver, sans doute pour alimenter la cheminée de son appartement. Je n'ai rien dit, j'ai peut-être eu tort ; après tout, c'était un délit.

– Les bûches ne sortaient pas du domaine.

– C'est pourquoi j'ai hésité.

Edward prit une profonde aspiration, comme s'il manquait d'air.

– Voilà bien des années que je n'avais pas parlé aussi longtemps, reconnut le jeune homme ; vous êtes un véritable confesseur, inspecteur.

– Je suppose que vous maniez quantité d'outils.

– C'est nécessaire, en effet.

– Une scie, par exemple ?

– Plusieurs, des petites et des grandes, selon la grosseur des branches et des rondins.

– Disposez-vous d'une scie pliable ?

Edward fut très étonné.

– C'est une blague ?

– Ne serait-ce pas un progrès ?

– Sûrement pas, et je ne voudrais même pas en entendre parler ! Comment travailler avec un pareil engin ?

Higgins nota les déclarations d'Edward sur la page de son carnet consacrée à la description de la scie pliable sur laquelle avait été recueillie un peu de sciure.

– Quelqu'un d'autre, au château, s'occupe-t-il de scier du bois ?

– Non, bien sûr que non.

– C'est étrange.

Edward se renfrogna.

– Je ne vois pas pourquoi.

– En êtes-vous bien sûr ?

Le jeune homme marmonna.

– S'il y a une enquête à mener, j'en suis bien capable.

– Vous reconnaissez donc que la mort de votre père n'est pas un accident !

– Je n'ai pas dit ça !

– Mais vous le pensez.

– Non, pas du tout ! À présent, laissez-moi tranquille. J'ai beaucoup de travail.

– Puis-je vous aider ?

La proposition de Higgins surprit Edward.

– Je... Non !

– Confiez-moi votre panier ; je le porterai à Mlle Peer.

Edward accepta, après avoir prélevé une truite qu'il réservait à sa consommation personnelle. Puis il disparut dans les bois sans avoir salué l'ex-inspecteur-chef, qui reprit son chemin en direction du château. La température augmentait de manière importante ; si la situation se dégradait, le Pays de Galles ressemblerait bientôt aux tropiques. Que devenaient la pluie, la brume et les nuages, sans lesquels les promenades perdaient leur charme ? Ce printemps était d'une extravagance tout à fait regrettable ; s'il persistait à s'enfoncer ainsi dans la canicule, les pelouses risquaient de mourir de soif.

Chassant ces sombres pensées, l'ex-inspecteur-chef réfléchit en marchant. À présent, il avait rencontré tous les proches du duc. Disaient-ils la vérité ou *leur* vérité ? Certains n'avaient-ils pas délibérément choisi la voie du mensonge, pour des raisons plus ou moins obscures ? Mais il était difficile, voire impossible, de rechercher un assassin alors que le crime n'était pas établi.

Kate Griffiths vint au-devant de Higgins. Les cheveux argentés brillant sous le soleil, elle portait un délicieux tailleur vert.

– Avez-vous vu mon fils, inspecteur ?

– Oui, madame.

– S'est-il montré... agressif ?

– Pas le moins du monde. C'est un garçon bien éduqué, d'abord facile, et sans complications.

Kate Griffiths sourit.

– C'est bien ainsi que je le perçois ; je craignais cependant qu'il ne réagisse de manière brutale. Il n'a pas l'habitude de rencontrer des étrangers, et encore moins un policier.

– Je ne lui ai pas caché mon hypothèse, bien qu'elle demeure des plus fragiles.

– Vous avez dû l'ébranler. Comment aurait-il pu imaginer pareille horreur ? Je suis persuadée qu'il ne croit pas à un crime et qu'il refuse cette idée.

Higgins ne répondit pas.

– Vous êtes bien évasif, inspecteur.

– Il n'est pas facile de percer le secret des êtres.

– Je vous en crois pourtant capable.

– Lorsque la chance me sert, il m'arrive parfois de réussir.

– Croyez-vous vraiment que notre petite famille a été le cadre d'un drame abominable ?

– Je souhaite que non.

– Nous étions heureux ensemble, je vous l'assure ; mon mari, même s'il ne montrait aucun autoritarisme, était notre référence à tous. Sans lui, nous sommes perdus.

– À vous de reprendre le flambeau, madame.

– Sans John Arthur, je n'ai plus envie de vivre.

– Vous vous devez à vos enfants et à ce domaine. L'âme de votre mari ne l'exige-t-elle pas ?

Kate Griffiths n'eut pas le loisir de répondre. Une vieille Bentley, lancée à pleine allure, sortit de l'allée d'accès au château et freina brutalement, à quelques mètres de la veuve et de l'ex-inspecteur-chef.

En descendit le superintendant Scott Marlow, dont le visage était aussi fripé que son costume mal coupé.

– Des nouvelles étonnantes, Higgins, il faut reprendre cette enquête sur de nouvelles bases.

CHAPITRE XXI

Higgins demeura de marbre, alors que Kate Griffiths interpella Scott Marlow.

– Qu'avez-vous appris, superintendant ?

– Désolé, madame ; mes informations sont réservées à mon collègue.

– Apportez-vous des éclaircissements sur la mort de mon mari ?

– Je ne peux encore rien dire.

– Ne me torturez pas, je vous en prie.

– Dès que nous aurons obtenu des certitudes, nous vous les communiquerons.

Kate Griffiths se détourna et rentra au château.

– Montez, Higgins ; dans ma voiture, nous serons à l'abri des oreilles indiscrètes.

L'ex-inspecteur-chef apprécia le moelleux des sièges de la vieille voiture ; entre elle et lui, le courant passait.

– À présent, déclara le superintendant, je partage votre opinion : le duc de Motherwell a bien été assassiné. Nous sommes tombés sur une drôle d'affaire.

– Pourriez-vous vous diriger vers l'auberge où vous m'avez déposé ?

– Nous devrions plutôt rentrer à Londres !

– Je ne ferai que passer.

– Je suis très ennuyé, Higgins ; le grand patron du Yard vient de me convoquer.

– Vous retire-t-il l'affaire ?

– Non, mais il me demande de la résoudre au plus vite, sur réclamation du ministre de l'Industrie en personne.

– Les inventions de John Arthur Llewyn Griffiths susciteraient-elles des remous ?

– Comment le savez-vous ?

– Simple déduction.

– Vous êtes un sorcier, par saint George !

– Qu'a découvert le ministre ?

– Les chercheurs et inventeurs britanniques ont déposé un nombre considérable de brevets ces dernières années ; au nombre des plus remarquables figurent ceux du duc de Motherwell. Ils étaient à la fois parfaitement conçus et très faciles à réaliser dans les domaines technologiques les plus variés. L'enjeu économique, en conséquence, devenait considérable.

– Tournez à droite, mon cher Marlow.

– Vous m'écoutez, Higgins ?

– Avec la plus grande attention.

– Le duc déposait ses projets au Bureau des inventions, dont le directeur avait pour obligation de lui proposer les options commerciales qui se présentaient. Dès qu'une affaire importante était réalisée, un dossier devait être adressé au service compétent du ministère de l'Industrie. Or, celui-ci s'est inquiété de voir apparaître, à l'étranger, des inventions qui semblaient marquées au sceau de John Arthur Llewyn Griffiths. Vérification faite, les royalties n'avaient pas été réglées au duc, et ce dernier n'avait pas signé de contrat d'exportation en bonne et due forme.

– Autrement dit, une fuite.

– Une énorme fuite, et un beau scandale en perspective, si nous n'intervenons pas à temps.

De quelle manière comptez-vous procéder ?

– En enquêtant au Bureau des inventions.

– Où travaille Stephen Hampton ?

– À un poste subalterne, me semble-t-il.

– Certes, mais il connaît les rouages de son administration. N'est-ce pas lui qui enregistrait les inventions du duc ?

– C'est un fait.

– Voici mon hypothèse, Higgins. Ce Hampton avait conscience de la valeur des documents que lui remettait le duc ; il n'a pas résisté à l'appât du gain, même au prix de risques inconsidérés. Le duc a fini par s'en apercevoir. Pour le faire taire, Hampton l'a supprimé.

– Quelques détails s'opposent à cette reconstitution, mon cher Marlow ; John Arthur Llewyn Griffiths partait pour Londres, afin de porter le texte d'une nouvelle invention à Hampton. Comme la voiture n'a pas été sabotée, il aurait dû supprimer sa victime à Londres, où il se trouvait, et non à la sortie du château.

– À moins qu'il ne nous ait menti ; supposez que Hampton ait guetté le duc en se cachant derrière un arbre, et qu'il ait provoqué « l'accident » ?

– Séduisant.

– Nous devons nous rendre à Londres pour détruire son alibi. Dès que le mensonge sera établi, nous l'arrêterons et l'interrogerons.

– Auparavant, nous passons à l'auberge.

Marlow ne discernait pas l'utilité de cette démarche, mais il connaissait le caractère entêté de Higgins et satisfit ses exigences.

– Attendez-moi un instant, demanda Higgins en descendant de la vieille Bentley, dont le moteur ronronnait avec un plaisir évident.

Cynthia Rhyndland, vêtue d'une jupe gris perle et d'un corsage blanc immaculé, aux poignets brodés à l'ancienne, disposait des fleurs coupées dans un vase en jade.

– Quelle magnifique journée, n'est-il pas vrai ?

– Comme je suis heureuse de vous revoir, inspecteur !

– Moi de même, mademoiselle !

– Avez-vous obtenu des éléments nouveaux ?

– J'ai interrogé tous les membres de la famille du duc, mais je n'ai guère progressé.

– Jusqu'à la disparition tragique du malheureux, c'était un clan heureux et soudé. Contrairement à l'habitude, aucune rumeur désagréable ne circule sur leur compte. Voilà déjà un petit miracle !

L'officier de la Navy, qui occupait la chambre concédée à Higgins pour une nuit, salua l'aubergiste et le policier, puis partit en promenade d'une allure martiale.

– Un homme délicieux, commenta Cynthia Rhyndland. Quand il me raconte ses batailles, j'ai vraiment l'impression de tenir un fusil.

Higgins parla à voix basse.

– Avez-vous eu le temps de remplir votre mission ?

L'aubergiste répondit sur le même ton.

– Malgré mes occupations, je n'ai pensé qu'à elle ; ce ne fut pas facile.

– Je m'en doute.

– J'ai dû faire venir quantité de personnes et les interroger sans leur mettre la puce à l'oreille.

– Je suis persuadé que vous avez réussi.

Les joues de la pimpante demoiselle rosirent.

– Comment avez-vous deviné, inspecteur ?

– Je n'ai pas douté une seconde de votre succès.

La voix de Higgins charmait Cynthia Rhyndland

au-delà du raisonnable. Elle ne regretta pas d'être passée la veille chez le coiffeur.

– Vous avez raison, inspecteur. Il existe bien un témoin.

– L'avez-vous identifié ?

– Une mission est une mission ; si on ne la remplit pas jusqu'à son terme, n'est-on pas une personne futile ?

– Tel est bien mon sentiment, mademoiselle.

– Quelqu'un a assisté à l'accident et s'est enfui ; malheureusement...

Cynthia Rhyndland parut fort contrariée.

– Ce témoin serait-il en fuite ?

– Non, mais vous ne pouvez pas l'interroger.

– Pourquoi cette crainte ?

– Parce qu'il s'agit de Braxmore, un braconnier qui vit comme un sauvage et tire sur quiconque s'approche de sa tanière. C'est un ancien aviateur qui ne s'est pas remis de la chute de son avion lors d'un combat aérien au-dessus de Douvres, pendant la dernière guerre.

– Je dois tenter ma chance. Sinon, comment établir la vérité ?

Très émue, l'aubergiste regarda ses mains.

– Prenez bien soin de vous, inspecteur ; j'aimerais tellement vous avoir parmi nous lors de l'académie poétique et musicale que j'organise ici-même, dans trois jours.

CHAPITRE XXII

Sir Arthur Mac Crombie, colonel en retraite, classait des dossiers lorsque le téléphone sonna. Irrité, il décrocha.

– Higgins ! Cette vieille fripouille... Quel crime as-tu encore commis ?

– J'enquête sur la mort du duc de Motherwell.

– Un planqué et un réformé ! Aucun dossier sur ce gaillard-là.

Sir Arthur Mac Crombie appartenait au cercle très restreint des amis de Higgins, dont la principale qualité était le respect de la parole donnée. Ni jalousie, ni mensonge, ni trahison ne pouvaient s'introduire dans ce club très fermé. Le colonel en retraite s'affirmait comme le plus grand spécialiste vivant de la Seconde Guerre mondiale, sur laquelle il avait accumulé des millions de fiches.

– Le nom de Braxmore, un aviateur gallois, t'est peut-être familier ?

– Tu me donnes rarement autant d'indications en si peu de mots ! Patiente quelques secondes, ce ne sera pas long.

Les fichiers étant tenus de manière impeccable et

Braxmore n'ayant pas changé de nom, la recherche fut effectivement de courte durée.

Sir Arthur Mac Crombie décrivit à Higgins la carrière et les états de service du héros de la RAF.

– C'est lui, l'assassin ?

– En principe, non.

– Tant mieux, car c'est un brave petit gars. Dès que tu as résolu ton énigme, tu viens dîner. Ma cuisinière galloise vient de mettre au point une recette de ragoût dont tu me diras des nouvelles.

Le foie de Higgins tressaillit, sachant que l'épreuve était inévitable.

*
**

Les collines étaient aussi sauvages que splendides. Dans cet espace préservé, des biches, affolées par la présence d'un étranger, coururent se mettre à couvert. Un vent doux faisait se courber des parterres de jonquilles et de pensées sauvages, bordant un sentier à peine tracé que Higgins suivait avec soin, selon les indications de l'aubergiste.

Depuis quelques minutes, il était entré dans le domaine réservé de Braxmore le braconnier, propriétaire d'une grotte dont chacun connaissait l'emplacement mais dont personne n'osait s'approcher. L'ancien héros n'était pas fou, mais quelque peu sauvage, et ne supportait pas que l'on troublât sa solitude. Conscient du danger, l'ex-inspecteur-chef avait néanmoins besoin de s'entretenir avec lui.

En Orient, Higgins avait appris à maîtriser la peur ; bien qu'elle fût présente, elle ne le gênait pas. Quant à la mort, il l'accueillerait avec la sérénité convenant

à la dignité d'un vieil enquêteur qui l'avait beaucoup fréquentée.

En cet instant où il se comportait comme un chasseur à mains nues, il songea à Trafalgar le siamois, lui demandant l'inspiration nécessaire pour s'approcher de l'objectif sans susciter la méfiance de l'adversaire. La beauté et le calme du paysage firent surgir quantité de souvenirs, comme si le ciel révélait à Higgins qu'il était temps de prendre une retraite définitive et de ne songer qu'à ses livres, à ses rosiers et à ses amis.

Au cours de sa carrière, il avait rencontré le crime, la haine et le mal. Sa lutte acharnée contre ce monde des ténèbres n'avait été qu'une goutte d'eau dans l'océan, mais il n'avait jamais renoncé. Et la perfidie avait surgi là où il ne l'attendait pas, au sein même de Scotland Yard, lorsque celui qu'il croyait être un ami sincère avait révélé son hypocrisie, sa jalousie et sa médiocrité. Le carriériste avait poursuivi sa route vers les sommets, en trompant son entourage et en se mentant à lui-même, tandis que Higgins s'était retiré dans son manoir du Gloucestershire, indifférent à la comédie humaine où s'agitaient d'inconsistantes marionnettes qui croyaient agir. Pourtant, à plusieurs reprises, l'ex-inspecteur-chef avait repris son bâton de pèlerin afin de trouver une vérité que le Yard ne parvenait pas à obtenir. Ironie suprême, il s'acharnait cette fois à rechercher un criminel qui n'existait peut-être pas !

À quelque distance du sommet de la colline, dans lequel s'ouvrait un orifice, l'entrée de la grotte, une balle siffla aux oreilles de Higgins.

– N'avancez plus, prévint une voix rocailleuse, ou je vous abats.

– Je viens de la part de *Blue Star*.

Un grand silence succéda à la déclaration de Higgins ; même les fleurs cessèrent de respirer.

Braxmore reprit enfin la parole.
– C'est impossible. *Blue Star* est mort.
– Pas tout à fait.
– Si vous mentez, je vous fais sauter la cervelle.
– Marché conclu.
Higgins reprit sa montée vers la grotte.
Braxmore était un sexagénaire très maigre, au visage émacié, recouvert d'une barbe drue. Il portait l'uniforme des aviateurs de la RAF et tenait un fusil de chasse qu'il pointait en direction de Higgins.
– Alors... où est-il ?
– Il ne reste qu'une partie du fuselage, mais il vous appartiendra, si vous le désirez.
Braxmore eut le vertige. Allait-il récupérer les vestiges de son avion, le *Blue Star,* cette « étoile bleue » qui filait dans le ciel d'Angleterre et terrassait l'agresseur nazi ? Lorsqu'il s'était écrasé, abattu par sa propre DCA, Braxmore avait décidé de devenir un ermite et de ne plus adresser la parole à un Anglais. Si *Blue Star,* son seul ami, n'avait pas complètement disparu, l'existence reprenait un sens.
– Vous vous moquez de moi.
– Non, répondit Higgins avec calme. *Blue Star* sera ici dès demain ; vous avez ma parole.
Braxmore lâcha son arme, s'assit sur un rocher et pleura ; Higgins franchit les derniers mètres qui le séparaient de l'aviateur et respecta son émotion.
– *Blue Star,* ici, avec moi, avec toutes nos victoires... Et qui êtes-vous, vous ?
– Higgins, de Scotland Yard.
– Vous n'avez pas été racheté par l'armée ?
– Pas encore.
– C'était beau, dans le ciel. La mort rôdait, bien sûr, mais je défendais mon pays ; j'avais l'impression d'être un archange, de protéger les pauvres gens qui, au-dessous de moi, recevaient des tonnes de bombes.

Et ce sont les miens, mes propres compagnons de combat, qui m'ont coupé les ailes.

– Ce n'est pas tout à fait vrai, puisque vous êtes vivant et que vous allez retrouver une partie de *Blue Star.*

Les yeux de Braxmore s'emplirent d'une gratitude infinie.

– Demandez-moi ce que vous voulez.

– J'enquête sur la mort du duc de Motherwell.

– Celui qui s'est tué en voiture, l'autre jour ?

– Étiez-vous sur place ?

– Je braconnais dans le coin ; le rendement n'est pas fameux, mais j'attrape parfois un lièvre.

– Pourriez-vous me décrire l'accident ?

– Un drôle d'accident, à dire vrai... Quand j'ai entendu le bruit du moteur, je me suis caché ; la voiture roulait assez vite, mais sans excès, d'autant plus que l'allée est toute droite. Soudain, elle s'est mise à zigzaguer, comme si le conducteur avait perdu le contrôle de son véhicule. L'allure a augmenté et la voiture a percuté de plein fouet le tronc d'un platane. Inutile de se demander si le pauvre type avait survécu. J'ai pris mes cliques et mes claques afin de ne pas être importuné par la police.

– Quelqu'un vous a vu, cependant.

– Je sais, l'aubergiste qui prenait l'air sur la colline en face ; mais elle m'aime bien et ne me dénoncera pas à la police.

Braxmore prit soudain conscience qu'Higgins appartenait à Scotland Yard.

– Mais, vous...

– Moi, ce n'est pas pareil ; elle ne vous a pas vraiment dénoncé, et vous n'aurez aucun ennui.

L'aviateur respira mieux.

– J'ai deux questions à vous poser, reprit Higgins. D'abord, avez-vous entendu un coup de feu, ou quelque chose d'analogue, avant que la voiture du duc ne se mette à zigzaguer ?

– Non, et j'ai l'ouïe très fine. De plus, là où j'étais caché, j'avais le vent pour moi ; seul le moteur ronronnait. Et la seconde question ?

– Avez-vous vu quelqu'un dans les parages immédiats ?

– Non, personne. Si ç'avait été le cas, je ne l'aurais pas manqué ; même caché comme moi, j'aurais ressenti sa présence. À force de vivre dans la nature et de braconner, on acquiert un sixième sens. Il n'y avait que la voiture, moi, et très loin, la demoiselle de l'auberge.

CHAPITRE XXIII

Dans la vieille Bentley qui roulait vers Londres, l'atmosphère était morose. Au fur et à mesure qu'elle s'approchait de la capitale bruyante et polluée, la voiture du superintendant perdait peu à peu son beau dynamisme. Sa carrosserie gémissait, son carburateur souffrait.

– Vous ne semblez guère satisfait de votre expédition dans la colline, insinua Scott Marlow, prudent.

– L'accident a eu un témoin, révéla l'ex-inspecteur-chef.

– A-t-il accepté de vous parler ?

– Oui, mais il n'a vu personne ; d'après lui, pas d'attentat, et personne sur les lieux. La thèse de l'accident se renforce.

– Ce n'est pas mon avis, Higgins ; oublions d'éventuelles querelles familiales et concentrons-nous sur la fuite des brevets.

La circulation londonienne était infernale ; High Holburn, encombrée jusqu'à la saturation, ne ressemblait guère à la tranquille campagne galloise. La vieille Bentley s'arrêta devant Stapple Inn, une très ancienne demeure ayant appartenu jadis aux Inns of Courts ;

l'élégante demeure, bâtie au XVIe siècle, avait subi peu de restaurations et offrait un contraste saisissant avec le monde moderne qu'elle contemplait, étonnée et choquée, du haut de sa façade élisabéthaine en bois noir et blanc, de ses fenêtres en encorbellement et de ses étages supérieurs en surplomb. Ancienne école de droit, Stapple Inn abritait à présent le *British Patents Office*, le Bureau britannique des brevets.

Une jeune secrétaire à l'esprit vif consentit à prévenir le directeur, Adam Nevermore, de l'arrivée de deux personnalités sans rendez-vous. Ce dernier, en dépit du caractère peu délicat de la démarche, daigna les recevoir. Dans le domaine des inventeurs, il fallait se montrer souple : c'étaient parfois les plus fous qui apportaient les meilleures idées.

Le bureau d'Adam Nevermore était meublé en faux élisabéthain, d'où se dégageait une assez profonde impression d'ennui. Le directeur lui-même n'inspirait pas la gaieté ; vêtu d'un costume trois-pièces sombre à rayures blanches, il était l'image parfaite du haut fonctionnaire, surtout préoccupé de sa propre importance.

– Soyez brefs, messieurs ; si votre invention est une nouvelle cage pour enfumer le monstre du loch Ness ou une voiture qui roule sans essence, sans pneus et sans moteur, autant nous quitter sur-le-champ.

– Superintendant Marlow, de Scotland Yard ; je vous présente l'inspecteur Higgins.

– Ah...

Adam Nevermore perdit sa superbe.

– Inspecteur Higgins... Votre nom n'a-t-il pas été prononcé à propos d'affaires criminelles ?

– C'est bien possible.

– Votre présence ici...

– Stephen Hampton est bien l'un de vos employés ? interrogea Scott Marlow.

– En effet.

– En êtes-vous satisfait ?

– C'est un fonctionnaire modèle, très respectueux de ses horaires de travail ; M. Hampton est minutieux et fort bien noté. Jamais un mot de trop, jamais une critique envers la hiérarchie, une réputation sans tache. Je suis très étonné que vous me parliez de lui.

– Avez-vous entendu parler de la mort accidentelle du duc de Motherwell ?

– Oui, par le *Times*.

– Le matin de ce décès, M. Stephen Hampton se trouvait-il à son bureau ?

– Sans aucun doute. Désirez-vous consulter le registre des présences ?

– S'il vous plaît.

Le registre, le témoignage du directeur, auquel s'ajouta celui des collègues de bureau de Stephen Hampton, prouvaient, de manière définitive, que le cousin du duc était bien à Londres, et non au château, lors du brutal décès de John Arthur Llewyn Griffiths.

– Que puis-je pour vous ? demanda Adam Nevermore, narquois.

– Pour le moment, rien de plus, répondit Marlow, contrarié.

*
**

Scott Marlow et Higgins étaient assis dans le petit et très intime *private bar* du « Grenadier », le célèbre pub de Wilton Row, près duquel subsistait la borne à laquelle Wellington attachait son cheval. Higgins espérait que le cadre victorien de l'endroit aiderait le superintendant à se remettre de sa déception. Deux pintes de *strong ale* aideraient la réflexion à repartir de plus belle.

– L'alibi de Hampton est inattaquable, constata Marlow.

– Indéniable.

– Mais la fuite existe bel et bien !

– Centrons donc notre intérêt sur la personne du directeur.

– Il se trouvait également à son bureau, le jour de la mort du duc ; et la voiture n'a pas été sabotée ! Impossible de l'accuser de crime.

– Éclaircir son rôle nous permettrait peut-être d'avancer.

La bière forte commençait à agir ; Marlow retrouvait son dynamisme.

– Et si l'une des inventions du duc avait indisposé ce Nevermore pour des raisons que nous ignorons ? Peut-être s'occupe-t-il d'intérêts publics ou privés que John Arthur Llewyn Griffiths a perturbés sans le savoir. Ce serait l'explication du meurtre, mais comment a-t-il été commis ?

– Il existe un fait étrange, rappela Higgins ; selon Kate Griffiths, son mari venait apporter sa dernière invention au Bureau des brevets, à savoir un nouveau procédé de stockage industriel. Or, les papiers que contenait sa sacoche en cuir fauve traitaient de la résistance des alliages.

Perplexe, Marlow se fit servir une seconde pinte.

– Aurait-elle menti ?

– C'eût été malhabile, puisqu'elle m'a laissé examiner le contenu de la serviette.

– Bizarre, vraiment bizarre... Le duc se serait-il trompé ?

– Certainement pas. Ses dossiers, afin d'aboutir au plus vite, étaient rédigés avec le plus grand soin.

– Son épouse avait peut-être mal compris.

– Sans être spécialiste, elle ne pouvait confondre deux sujets aussi différents.

– Quelqu'un a donc volé le document original et l'a remplacé par un autre. À qui songer, sinon, une fois encore, à ce Stephen Hampton ? Grâce à son expérience professionnelle, il était capable d'apprécier la valeur technique d'une invention. Il en avait une à portée de sa main, celle du duc, dont il connaissait le génie ! Jaloux de la réussite d'autrui, il a décidé d'exploiter la trouvaille.

– Habile reconstitution, reconnut Higgins.

– Hampton agissait à coup sûr, incapable d'imaginer qu'un inspecteur du Yard examinerait le contenu de la sacoche, à supposer qu'elle ne fût pas détruite dans l'accident.

– L'ennui, indiqua Higgins, c'est que nous ne pouvons rien prouver. D'une part, rien ne permet de conclure à un meurtre ; d'autre part, il suffit à Hampton de vendre ce brevet à l'étranger en le maquillant de manière habile.

– Les spécialistes s'en apercevront.

– Peut-être, mais trop tard ; Hampton aura quitté le Pays de Galles et se sera réfugié dans un pays où la justice ne l'atteindra pas et où il jouira de ses royalties.

– S'il est coupable, nous devons l'arrêter au plus vite !

– À condition de démontrer cette culpabilité.

L'excitation de Marlow retomba.

– Pour être franc, je me demande si nous ne faisons pas fausse route.

– Pour être sincère, moi aussi ; néanmoins, la mort du duc possède un parfum de crime.

– C'est aussi mon avis, Higgins, mais aucun tribunal n'acceptera un argument aussi fragile.

– Exact, mon cher Marlow ; la fuite des documents, elle, est une certitude.

– Comment tirer sur cette corde-là ?

– En tendant un piège à Nevermore.

– De quelle manière ?

– Qu'un spécialiste du ministère de l'Industrie rédige une proposition de brevet très alléchante, dans le style d'un inventeur naïf, facile à abuser. Nous verrons bien si Adam Nevermore mord à l'hameçon.

– Après notre visite, il se méfiera.

– Sans doute, mais résistera-t-il à la tentation ?

CHAPITRE XXIV

Scott Marlow ramena Higgins au château de Motherwell avant de repartir pour Londres et de déployer la stratégie qu'il avait définie avec son collègue. Le beau temps persistait, insolent et fatigant.

Higgins fut reçu par Kate Griffiths, qui portait un deuil discret ; sur son visage aux lignes très pures, s'inscrivait une profonde tristesse. La cuisinière servit une citronnade et des toasts à la tomate à la veuve et à l'ex inspecteur chef, installés sous un parasol, face au vaste domaine de Motherwell où, dans les bois, travaillait Edward.

– Votre enquête a-t-elle progressé, inspecteur ?

– Pas de manière satisfaisante.

– Je comprends mal.

– Les faits ne corroborent pas mes intuitions et, plus j'avance, plus j'éprouve un malaise dont je ne parviens pas à définir la nature.

– L'accident reste un accident, n'est-ce pas ?

– En effet.

– Est-il nécessaire de poursuivre vos recherches ?

– Je le crois, il me reste quelques détails à vérifier.

– Désirez-vous vous installer au château ?

– Je ne souhaite pas vous importuner.

– Cette demeure est très vaste, et Oliver tient toujours prêtes deux ou trois chambres d'amis ; vous ne nous gênerez en rien.

– Merci pour votre hospitalité.

– Je souhaite connaître la vérité autant que vous, et je vous aiderai jusqu'à ce que vous soyez certain de l'avoir obtenue.

Une fragile espérance brillait dans les yeux verts.

– Quelle que soit cette vérité, elle ne fera pas revivre votre mari, mais elle permettra à son âme de reposer en paix, si un crime a bien été commis.

– Je partage cette conviction, inspecteur ; c'est pourquoi vous pouvez compter sur moi.

– L'accident a eu un témoin, révéla Higgins ; je l'ai retrouvé et interrogé.

– Qu'a-t-il vu ?

– Votre mari a brusquement perdu le contrôle de son véhicule, quitté la ligne droite et percuté un platane. Rien de plus.

– Qu'attendiez-vous ?

– La présence d'un assassin qui aurait agi, d'une manière ou d'une autre, pour provoquer cet accident. Le témoin, dont la qualité d'observateur est excellente, n'a aperçu personne.

– Autrement dit, vous espériez identifier un éventuel agresseur ?

– Espoir déçu.

Un couple de bouvreuils survola Higgins, observa ce visiteur inconnu puis, rassuré, alla se poser sur l'herbe où la cuisinière avait répandu des miettes de pain.

– Ces deux oiseaux ne se quittent-ils jamais ?

– Dieu vous entende, inspecteur !

– Ce que nous nommons la mort n'est qu'une mince frontière entre deux mondes ; comment pourrait-elle séparer ce qui a été uni ?

– Quelles étranges paroles... Mais elles m'offrent un réel réconfort, comme si vous aviez raison.

Rassasiés, les bouvreuils s'amusèrent à décrire des spirales dans le ciel, entrecroisèrent leurs vols au risque de se heurter, en se dégageant au dernier moment.

– Menez-vous toujours vos enquêtes de cette façon ?

– Celle-ci est bien particulière, puique la cause de la mort semble naturelle. Quant à la personnalité de votre mari, elle est des plus fascinantes.

– Si vous vous étiez connus, vous seriez devenus amis. Par bien des aspects, il vous ressemblait : même calme, même capacité de concentration, même regard vif et attentif, même capacité à voir plus loin que l'apparence. Que de conversations passionnantes vous auriez poursuivies !

– Je ne possède pas son génie.

– Identifier des criminels ne doit pas être une tâche facile.

– C'est un combat contre le mal, auquel nulle concession ne doit être accordée. Le duc ne se montrait-il pas d'une grande rigueur dans ses recherches ?

– Il travaillait sans cesse.

– Je suis persuadé que ses diverses inventions n'étaient que des résultats secondaires par rapport à sa véritable quête.

Kate Griffiths se troubla.

– Comment... Comment l'avez-vous appris ?

– Personne ne vous a trahie, rassurez-vous ; il ne s'agit que d'une simple intuition.

– Vous ne vous trompez pas, inspecteur.

La veuve parut nerveuse, hésitant à se libérer d'un trop lourd secret ; Higgins ne brisa pas sa réflexion.

– John Arthur, avoua-t-elle, avait percé certains

secrets de la matière ; depuis sa jeunesse, il cherchait ce que les vieux alchimistes appellent la « pierre philosophale », autrement dit la capacité de transformer un matériau en un autre. Sur son chemin, il mettait au point des techniques plus ou moins surprenantes, mais aucune n'était le point d'aboutissement. Pour subvenir à nos besoins, il jonglait avec son intelligence ; pendant les périodes plus calmes, il se concentrait au Grand Œuvre.

– L'avait-il enfin découverte, cette insaisissable « pierre philosophale » ?

– La découvre-t-on jamais ?

– Supposons que cette merveille se soit concrétisée et qu'il ait eu l'imprudence d'en parler à ses proches. Ne croyez-vous pas que l'avidité, maladie mortelle entre toutes, ait été le mobile d'un meurtre ?

– John Arthur ne possédait ce trésor que dans ses rêves.

– Supposez qu'il soit devenu réalité et que votre mari l'ait dissimulé dans ce château, sans en parler à personne, en croyant que le secret était bien gardé. Un regard indiscret l'a peut-être observé, et le voleur a dû se transformer en assassin, afin de pouvoir jouir seul de son larcin.

– Je refuse d'admettre que mon mari m'ait tenue à l'écart.

Les deux bouvreuils s'envolèrent à tire-d'aile vers la forêt.

– Songez-vous à cet ancien brevet qui se trouvait dans la sacoche de votre mari ? Quelqu'un a opéré une substitution à votre insu.

– Une erreur de John Arthur...

– Vous avez vous-même repoussé cette éventualité.

– C'est vrai...

– Puisque votre mari est parti du château avec cette sacoche, la substitution a été opérée ici.

– Qui soupçonnez-vous ?

– La logique désignerait Stephen Hampton, mais il était à Londres. Or, je suppose que le duc a vérifié le contenu de sa sacoche avant de partir.

– Justement, non. John Arthur était un homme prévoyant, plutôt inquiet lorsqu'il devait se déplacer et traiter une affaire. Dans le cas présent, son dossier avait été préparé une semaine auparavant.

– En ce cas, n'importe lequel de ses proches, y compris Stephen Hampton, peut être l'auteur de cette manœuvre, visant à conserver le véritable brevet par devers lui.

– À part Stephen, qui serait capable de le négocier ?

– La situation est beaucoup plus complexe, madame. Ou bien le voleur est effectivement M. Hampton ; ou bien c'est l'un des autres habitants de ce château, résolu à partager le butin avec M. Hampton ou à le négocier seul avec le Bureau des brevets, ou avec quelque acheteur étranger.

– Mes enfants ne connaissent que la nature et les animaux. Arabella sa cuisinière, et Oliver le château !

– Appréciation hâtive, je le crains. Si j'innocente volontiers Arabella Peer qui ne se déplace pas, je n'en dirais pas autant de vos enfants qui circulent à leur guise, d'Oliver Claid qui dispose d'un jour de congé et...

– Et de moi-même ?

– Je ne vous inclus pas de gaieté de cœur dans la liste des suspects.

– Vous n'avez pas le choix, mais vous vous trompez. J'ai beaucoup réfléchi, inspecteur ; voici bien des années que je refuse d'ouvrir les yeux, parce que Stephen était le meilleur ami de mon mari. Je le respectais, et je me suis forcée à l'aimer, sans y parvenir. Je baptisais honnêteté sa raideur, modestie sa froideur, réserve son hypocrisie. Une fois, une seule fois, j'ai parlé de mes soupçons à John Arthur, mais il n'en a pas tenu compte. Aujourd'hui, je sais que Stephen a profité de la générosité de mon mari et que nous aurions dû nous méfier de lui.

– C'est une grave accusation.

– J'en suis consciente, inspecteur, mais je vous devais ces confidences. Déceler les ruses d'un hypocrite n'est pas si facile, surtout lorsqu'on s'habitue à sa présence et qu'il finit par se fondre dans le quotidien. Vu de l'extérieur, Stephen devait apparaître comme un chancre sur un arbre ; à l'intérieur, il avait creusé son trou.

– Pour vous, il devient le principal suspect.

– Le seul suspect possible. Pour le vol, c'est une certitude ; pour le reste...

La voix de Higgins s'assombrit.

– J'ai une requête très pénible à vous adresser.

Kate Griffiths fut inquiète ; l'ex-inspecteur-chef ne parlait pas à la légère.

– Je vous écoute.

– Si votre mari a été assassiné, je ne vois plus qu'une seule arme possible : le poison. Certaines substances agissent avec un délai assez précis que l'assassin peut contrôler. Sachant que votre mari partait pour Londres à son heure habituelle, il pouvait programmer l'effet de la drogue afin qu'elle agisse lorsqu'il serait au volant.

– Mais John Arthur a été accidenté en sortant de notre domaine... À quelques minutes près, il était indemne !

– Ce n'est pas certain ; la drogue était sans doute mortelle. Mais s'il s'était écroulé près de vous, son décès brutal aurait éveillé vos soupçons.

Kate Griffiths, bouleversée, se voila les yeux avec les mains.

– Vous évoquiez une requête.

– Si nous voulons obtenir une certitude, il n'existe qu'une solution : l'autopsie. Pardonnez-moi la brutalité du terme et la dureté de la méthode ; je connais un légiste exceptionnel qui découvrira la substance toxique et saura restituer le corps de votre époux comme s'il ne s'était rien passé.

– Vous m'imposez une terrible épreuve, inspecteur.

– Je n'en ai pas le droit ; le choix vous appartient.

– J'ai besoin de réfléchir.

CHAPITRE XXV

Arabella Peer, d'une voix sonore, lança son appel rituel :

– À table !

Kate Griffiths sourit.

– Je crois que nous sommes obligés d'y aller.

La cuisinière avait dressé la table dans la salle à manger d'été, ornée de tableaux bucoliques. Elle avait choisi un service de table en porcelaine, datant du XVIIIe siècle et décoré d'oiseaux exotiques dont parlaient avec ravissement les marins au long cours.

Pour la circonstance, Arabella, qui faisait elle-même le service, avait revêtu un tablier ancien, parsemé de subtiles broderies imitées des croix celtiques.

L'œil gourmand, elle offrit d'abord à son hôte deux louches de *cawl,* la soupe traditionnelle galloise, composée de légumes et de viande, puis une truite accompagnée d'une sauce relevée, suivie de mouton gallois grillé, ce petit festin se terminant par le *bara brith,* le traditionnel gâteau gallois aux fruits. Avec un goût très sûr, la cuisinière avait fait appel à un vin français peu connu mais excellent, le saumur champigny.

– Si vous restez un moment au château, annonça-t-elle, le regard rempli d'espoir, je vous préparerai bien d'autres merveilles.

– Votre réputation de cordon bleu n'est pas usurpée, répondit Higgins, ravi.

Au cours du déjeuner, la veuve avait longtemps parlé de son mari, avec une émotion à peine contenue. Les souvenirs affluaient à sa mémoire, des souvenirs où le bonheur régnait en maître.

Une fois de plus, Higgins eut quelque difficulté à se croire au cœur d'une enquête classique, à la recherche d'un criminel, en parlant d'indices avérés et surtout d'un assassinat dont la réalité ne faisait aucun doute. Il songea au voyage d'Ulysse et au moment périlleux où chantaient les sirènes. N'était-on pas en train de le charmer et de l'abuser pour le détourner de sa route, en lui faisant croire que le mal n'avait jamais pénétré dans cette paisible et délicieuse demeure ?

Il vieillissait.

Des femmes charmantes, un délicieux repas, un cadre apaisant lui ôtaient de sa lucidité. Décidément, il était temps de rentrer aux Slaughterers et de ne plus en sortir.

Pourtant une sorte d'amitié posthume était née entre lui et John Arthur Llewyn Griffiths. S'il s'agissait d'une mort naturelle, Higgins pouvait regagner sa thébaïde sans remords ; mais s'il s'agissait d'un crime, il ne se pardonnerait pas son incompétence. Même au risque de se tromper et d'être ridicule aux yeux du monde, il se devait d'aller jusqu'au bout et d'écouter l'étrange petite voix qui continuait à lui affirmer que ce décès n'était pas tout à fait accidentel.

De sa poche, il sortit le menu que Kate Griffiths avait trouvé dans la voiture de son mari défunt.

Il le montra à la cuisinière.

– Que pensez-vous de ce document, Mlle Peer ?

La cuisinière, intriguée l'examina longuement.

– Escargots à l'ail, jambon de Bayonne, tripes à la mode de Caen, gratin dauphinois, roquefort, tarte tatin... Mais c'est un menu exclusivement français !

– L'avez-vous préparé pour le duc ?

– Vous n'y pensez pas ! Nous sommes au Pays de Galles, ici. Un menu français... Quelle idée !

Arabella Peer servit le café et disparut dans sa cuisine.

– Je crains que vous ne l'ayez un peu vexée, déplora Kate Griffiths.

– Si c'est le cas, répondit Higgins, je tâcherai d'arranger la situation.

– Cette démarche avait-elle un but précis ?

– Je le crains, madame.

– Que reprochez-vous à Arabella ? s'inquiéta la veuve.

– Trop tôt pour le dire. Que va devenir votre fils ?

Les beaux yeux verts de Kate Griffiths se troublèrent.

– Edward ? Que voulez-vous dire...

– C'est un garçon courageux, dont l'âme s'est enracinée sur cette terre, dont il connaît le moindre pouce. Privé de ces vastes espaces, que deviendra-t-il ?

– Mais qui voudrait l'en priver ?

– L'avenir, madame. Motherwell est un vaste domaine dont l'entretien doit être fort coûteux. Lorsque les difficultés financières surgissaient, votre mari utilisait son génie pour faire l'invention qui permettrait à ses proches de mener une existence tranquille et heureuse. Mais le duc est parti...

La veuve détourna son regard.

– La ruine, la vente du château et de la propriété, Edward obligé de quitter sa terre, Winifred ses animaux... Je ne dors plus la nuit, inspecteur. J'ai conscience que cet avenir-là est inéluctable. J'ai eu envie de me supprimer, pour rejoindre mon mari et ne pas assister à ce désastre. Mais ne serait-ce pas une lâcheté ?

– Edward et Winifred ont besoin de votre amour et de votre équilibre ; en vous survit votre mari. Ni Edward ni Winifred ne sont encore prêts à prendre leur envol.

– Mais que puis-je pour eux ?

– En réalité, cet avenir que vous redoutez est loin d'être sombre.

– Quelles sont les raisons d'espérer, inspecteur ?

– Elles sont multiples, madame. D'abord, retrouver le dernier brevet de votre mari que le voleur a dérobé ; ensuite, récupérer les royalties qui ont été détournées par le Bureau des brevets.

– Détournées ?

– Scotland Yard enquête sur ce point et aboutira rapidement.

– Qui est coupable ?

– Un haut fonctionnaire indélicat, probablement.

– Stephen serait-il mêlé à cette malversation ?

– Sans doute pas, mais l'enquête peut nous réserver des surprises. Quoi qu'il en soit, ces royalties devraient vous assurer un revenu important. Mais ce n'est pas tout.

– Seriez-vous un magicien, inspecteur ?

– Un simple observateur, madame. Je suis persuadé que Winifred et Edward sont capables de créer un parc zoologique tout à fait exceptionnel ; de nombreux visiteurs viendront admirer les animaux rares, tout en respectant leur liberté. Bien sûr, vos enfants se révolteront contre cette solution, et je les comprends ; mais elle leur permettra de vivre leur passion, tout en résolvant les inéluctables problèmes financiers.

– Je les convaincrai. Mais il faudra monter une société, gérer, et nous sommes incompétents !

– J'ai un excellent ami, un banquier honnête, qui résoudra ces petits problèmes et mettra votre entreprise sur de bons rails.

Higgins songeait à l'un des membres de son club, Watson B. Petticott, l'une des têtes pensantes de la Banque d'Angleterre, qui se ferait une joie d'aider les Motherwell.

Ne subsistait qu'une redoutable certitude : Higgins n'aiderait-il pas un ou des assassins, dont le crime resterait impuni, s'il était incapable de découvrir la vérité ?

Kate Griffiths était émue aux larmes.

– Inspecteur... Je ne sais comment...

Un bruit de moteur interrompit la conversation.

CHAPITRE XXVI

Le superintendant Marlow bondit hors de sa vieille Bentley, ravie de se gaver à nouveau de l'air de la campagne.

Higgins vint à sa rencontre.

– Le piège est en place, annonça Scott Marlow.

– Félicitations pour votre rapidité.

– J'ai horreur de la corruption, surtout lorsqu'elle est le fait de fonctionnaires dont le devoir est de servir leur pays.

Le superintendant croyait en une vieille morale qui n'avait plus cours ; sur ce point, il était en parfait accord avec son collègue.

– L'appât ne peut pas être plus alléchant, révéla-t-il ; si ce Nevermore est bien coupable, il ne devrait pas résister longtemps à la tentation.

– Merci de vous être déplacé pour me donner ces nouvelles.

Une lueur de malice brilla dans l'œil de Marlow.

– À vrai dire, j'ai un autre motif ; pour une fois, j'ai fait appel à mon intuition : je suis persuadé que ma voiture vous sera utile.

– Son conducteur ne le sera pas moins. Votre intuition était juste, mon cher Marlow.

Dans un premier temps, Higgins demanda au superintendant de rouler dans une grande allée bordée de platanes. Le ciel s'était enfin couvert ; une kyrielle de nuages blancs masquait le soleil et faisait chuter la température. Avec un peu de chance, la pluie ne tarderait pas, et le printemps reprendrait une allure normale.

Sur les recommandations de Higgins, Marlow roula d'abord lentement, puis à vitesse moyenne, puis rapidement ; l'exercice enchanta la vieille Bentley.

– Conclusions ? interrogea Marlow.

– Néant, déplora Higgins. Je n'ai rien décelé d'anormal.

– Du nouveau, au château ?

– Rien d'important, à moins que ma vue ne baisse.

– Où allons-nous ?

– Au vivarium de Pswyll.

S'aidant d'une carte détaillée, Higgins guida Marlow. La vieille Bentley traversa un bois peuplé de jacinthes, longea un minuscule cours d'eau et s'engagea dans un chemin de terre qui aboutit à une sorte de ferme, formée de trois corps de bâtiments aux toits couverts d'ardoise.

Très isolé, l'endroit paraissait désert.

– Le duc est venu ici, ou voulait y venir, révéla Higgins.

– Je n'aime pas cet endroit.

– Êtes-vous armé ?

– Je devrais l'être, mais j'ai encore oublié ce maudit revolver sur mon bureau. Peu importe, examinons les lieux.

Marlow ne manquait pas de courage physique. Il posa le pied sur le sol rocailleux alors que tombaient les premières gouttes de pluie.

Le premier élément était vide. Une sorte de hangar, aux murs nus et aux fenêtres brisées. Sur le sol en béton, des débris de cages. Alors que les deux policiers s'apprêtaient à pénétrer dans le second bâtiment, une voix agressive les figea sur place.

– On ne va pas plus loin, ou je tire.

Scott Marlow se retourna, découvrant un géant roux armé d'un fusil préhistorique.

– Cessez de nous menacer, ordonna le superintendant.

– J'ai le droit de tirer sur des voleurs.

– Superintendant Marlow et inspecteur Higgins, de Scotland Yard.

– Vos insignes ?

Higgins n'en portait jamais et Marlow avait oublié le sien, à côté de son arme de service.

– Ne faites pas d'histoire, mon ami ; ça pourrait vous coûter cher.

– Et pourquoi ? Je suis dans mon droit.

Mains croisées derrière le dos, Higgins fit deux pas en avant. Le canon du fusil fut pointé dans sa direction.

D'une part, déclara l'ex-inspecteur-chef d'une voix posée, vous risquez de vous blesser gravement en appuyant sur la gâchette de cet engin, dont l'explosion ne fait aucun doute ; d'autre part, nous sommes bien de Scotland Yard et nous enquêtons sur la mort du duc de Motherwell.

– En ce cas... C'est différent. Moi, le duc, je l'aimais bien.

Le géant roux posa par terre son arme de collection.

– De toute façon, je suis incapable d'atteindre une cible, fût-elle énorme et très proche. Le bruit d'une détonation m'épouvanterait.

Higgins présenta au géant roux le ticket orange sur lequel était écrit « Pswyll, Viv. ».

– Est-ce vous qui l'avez émis ?

– Affirmatif, je m'occupe bien d'un vivarium. À ce propos... Ça ne vous ennuierait pas d'acquitter le droit d'entrée ? Il est d'une livre par adulte, et d'un penny par enfant de moins de cinq ans.

Marlow et lui-même n'entrant pas dans la seconde catégorie, Higgins remit un billet de cinq livres au géant roux.

– Je n'ai pas de monnaie.

– Sans importance ; vous ne devez pas avoir beaucoup de visiteurs.

– Une centaine par an. Vous voulez voir mes merveilles ?

– Avec plaisir.

Enthousiaste et volubile, le géant roux fit découvrir aux deux policiers ses aquariums, terrariums et autres bacs vitrés où somnolaient des reptiles.

– J'ai réussi à élever quelques espèces rares, révéla-t-il avec fierté. Ces petites bêtes ont besoin de soins précis et d'une nourriture appropriée ; sans me vanter, je réussis plutôt bien.

– Sauf votre respect, vous ne donnez pas l'impression de rouler sur l'or.

– C'est le moins que l'on puisse dire... En réalité, je suis au bord de la faillite. J'espérais attirer des touristes, mais le coin est trop isolé et je ne suis pas doué pour la publicité. Ceux qui viennent sont enchantés, mais ils sont trop peu nombreux.

– Que comptez-vous faire ?

– Arrêter, et partir à l'étranger. Le duc m'avait bien donné un espoir, mais il est mort.

– Quel espoir ?

– Il désirait fêter le prochain anniversaire de sa fille en lui offrant de nombreux petits animaux que j'ai élevés. Le marché était conclu, il devait me payer à son retour de Londres. Hélas, il est mort, et ce n'est pas moi qui oserais réclamer au château. Sa famille doit avoir bien d'autres soucis.

Higgins remit le ticket dans sa poche ; encore une hypothèse qui s'effondrait.

– Êtes-vous d'une indépendance farouche, demanda Higgins, ou seriez-vous prêt à travailler en collaboration ?

– Je serais prêt... Mais c'est impossible !

– Vous vous trompez peut-être. Si Winifred créait un parc animalier, vos pensionnaires y seraient les bienvenus et vous pourriez lui prêter main-forte de manière efficace.

– C'est un rêve, c'est...

– Sait-on jamais ? Ne partez pas à l'aventure sans avoir reçu ma réponse.

CHAPITRE XXVII

Sur son carnet noir, Higgins raya l'indice « Ticket orange ». Des objets recueillis par Kate Griffiths dans la voiture accidentée, aucun ne lui avait fourni la moindre piste.

– Vous jouez les bons samaritains, observa Marlow.

– Mettre les gens en contact, n'est-ce pas le rôle du Yard ? Quand Robert Peel l'a fondé, en 1822, il lui a assigné trois buts : protéger la vie et la propriété, préserver la tranquillité publique et lutter contre le crime. Laisser ces animaux mourir serait un crime, puisque nous disposons d'un moyen de l'éviter.

– Winifred est une sauvageonne. Sera-t-elle d'accord ?

– Nous tenterons de la convaincre.

*
**

Winifred était entourée de son lama, de son tapir et de la biche Iphigénie qui avaient trouvé refuge sous un abri en bois, pourvu de paille. La jeune femme avait chaussé des bottes en caoutchouc et revêtu un imperméable. L'arrivée des deux policiers ne sembla guère la séduire.

– Qui vous a indiqué cet endroit ?

– Votre mère, répondit Higgins.

– Elle ne devait en parler qu'en cas d'urgence.

– C'est un cas d'urgence.

Iphigénie se réfugia derrière Winifred, le tapir s'enfonça dans la paille, le lama affronta les deux hommes, le cou bien raide et l'œil flamboyant. Les deux longues oreilles blanches, piquetées de noir, étaient toutes raides. La jeune femme lui caressa l'encolure, afin de le calmer.

– L'orage l'énerve ; ne vous approchez pas, il mordrait. Alors, cette urgence ?

Higgins lui exposa ses projets.

– Ma mère m'en a parlé ; sans associé, je ne réussirai pas.

– Le propriétaire du vivarium de Pswyll vous conviendrait-il ?

– Je ne le connais pas.

– Sans doute serait-il utile de le rencontrer.

– Pourquoi m'aider de la sorte ?

– Parce que vous êtes intelligente, courageuse, sympathique, et parce que j'aime voir les animaux heureux. Ma démarche est très égoïste.

La jolie Winifred sourit.

– Ils vous ont gardé longtemps, à Scotland Yard ?

– Un temps raisonnable ; l'âge de la retraite a sonné à mon heure.

– La mort de mon père vous paraît-elle toujours suspecte ?

– Je piétine. De votre côté, rien à signaler ?

– Vraiment rien.

*
**

Dans le petit salon bleu, consacré à l'histoire du château et du domaine depuis leur création, l'atmosphère était lourde. Higgins jeta un œil aux gravures et aux manuscrits anciens, attendant que Kate Griffiths, très contractée, prît sa décision.

– C'est si difficile, inspecteur... Je croyais être sûre de moi, mais j'hésite encore.

– Je ne désire pas vous influencer.

– Avez-vous un élément indiscutable qui ne me laisserait pas le choix ?

– Honnêtement, non. J'ai déjà suivi un certain nombre de pistes ; elles ne m'ont mené nulle part.

– Seule votre intime conviction...

– Je n'ai rien d'autre à vous offrir.

– Il y a bien cette substitution de document !

– C'est vrai, mais s'est-elle accompagnée d'un crime !

– Ne serait-ce pas la logique même ?

– C'est l'avis du superintendant Marlow, à qui je viens d'en parler. Il demeure persuadé que votre mari a été victime d'un trafic de brevets auquel Stephen Hampton était mêlé.

Ce n'est pas le vôtre ?

Higgins admira une superbe gravure du XVIIIe siècle, représentant le château. Rien n'avait changé. Dans le parc couraient des biches et des cerfs. Winifred n'avait-elle pas réussi à préserver un paradis, loin des contraintes de la modernité ?

– Il m'est difficile de vous répondre, madame, car je n'ai pas encore décelé la lumière qui me permettrait d'éclairer mon chemin. Si, à l'heure actuelle, je faisais un choix, je me fermerais l'esprit aux autres solutions et je risquerais de me tromper. Ne prenez pas ces propos pour une reculade ; je vous expose simplement l'un des aspects principaux de ma manière de travailler.

– Une autopsie me fait horreur.
– Je vous comprends.
– Votre... votre légiste est-il vraiment un expert ?
– Mon ami Babkocks a une allure plutôt étrange, voire choquante, mais il éprouve un très grand respect envers ceux qu'il appelle « ses morts ». Lorsque ses investigations sont achevées, il prend le plus grand soin de leur redonner une allure sereine.
– Ai-je le droit d'infliger ce supplice à mon mari, même s'il ne s'agit que de son enveloppe corporelle ?
– Si le crime était avéré, la loi imposerait l'autopsie, afin de fournir de précieuses indications aux enquêteurs ; mais il ne l'est pas. En conséquence, c'est votre intime conviction, et elle seule, qui compte.

Kate Griffiths se leva et regarda un tableau naïf, datant de l'époque médiévale ; le peintre avait représenté le couple de châtelains, agenouillés sur un prie-Dieu, les mains jointes dans le geste de la prière, le visage serein.

– Croyez-vous au bonheur, inspecteur ?
– Oui, madame ; je pense qu'il se construit, et qu'il se nourrit de valeurs immortelles, dont la première est le sens de la parole donnée.
– J'ai vécu ce bonheur-là en compagnie de John Arthur ; notre seule erreur fut d'accepter sous notre toit un individu ténébreux et de lui accorder notre confiance, sous prétexte qu'il appartenait à notre famille. Quel manque de lucidité ! Mon mari est excusable, mais pas moi. Depuis qu'il est parti, la noirceur de Stephen Hampton m'apparaît davantage à chaque instant. Depuis la naissance de l'humanité, la médiocrité ne supporte pas le génie ; elle lui reproche d'exister et, lorsqu'elle ne l'empêche pas de s'exprimer, elle le supprime. Comment un homme comme Hampton admettrait-il le bonheur d'autrui ? Seul, replié sur lui-même, il guettait le moment où il

pourrait détruire ce que nous avons construit. La mort de mon mari devait me contraindre à vendre le domaine et à plonger mes enfants dans le malheur. Si vous n'étiez pas intervenu, il aurait triomphé.

Rarement, lors d'une enquête, Higgins avait vu tous les soupçons se concentrer, avec quelque raison, sur un seul personnage. Mais s'agissait-il vraiment d'une enquête ? Si la mort du duc n'était qu'un accident, Hampton serait réduit à un rôle de petit fonctionnaire médiocre, dont l'éventuelle jalousie n'aurait guère de conséquences. Dans le cas d'un assassinat, il jouait le rôle d'une figure de proue si manifeste qu'un débutant n'aurait pas cherché plus loin.

Recueillie, digne et belle comme une aristocrate du Quattrocento, Kate Griffiths s'assit sur un fauteuil à haut dossier.

– J'ai pris ma décision, inspecteur ; faites venir votre médecin légiste.

CHAPITRE XXVIII

Un long silence succéda à cette déclaration ; la veuve avait besoin de reprendre ses esprits, bien qu'elle affichât le plus grand calme.

– Vous êtes très courageuse, madame. Grâce à vous, nous connaîtrons la vérité.

– Si Stephen Hampton a empoisonné mon mari, parviendrez-vous à le prouver ?

– Je vous en fait le serment. Je ne ménagerai ni mon temps, ni mes efforts ; quelles que soient les difficultés, j'y parviendrai.

– Êtes-vous souvent aussi affirmatif ?

– Je vous dois cet engagement, puisque vous me faites confiance.

Une émotion profonde s'empara de Kate Griffiths ; elle marcha jusqu'à une fenêtre, tournant le dos à Higgins, de manière qu'il ne vît pas ses larmes.

– Puis-je vous poser une question ?

– Je vous en prie.

– Oliver Claid dispose-t-il d'un jour de congé par semaine ?

– Bien entendu, le dimanche.

– Quelles sont ses activités pendant cette journée ?
– Je l'ignore.

*
**

Oliver Claid servit un porto aux deux policiers dans le salon des armures. Les impressionnantes reliques, qui n'avaient jamais servi, étaient dans un parfait état de conservation. Les ducs de Motherwell, d'un tempérament pacifique, préféraient des costumes plus seyants.

– Ce *vintage* vous convient-il, messieurs ?

– Il est d'une exquise délicatesse, reconnut Higgins, après l'avoir goûté.

La jaquette et le gilet rayé d'Oliver Claid étaient impeccables. Scott Marlow appréciait ce respect des traditions, seul capable de préserver l'esprit de la vieille Angleterre.

– Auriez-vous quelques instants à nous accorder, M. Claid ?

– C'est un peu gênant, inspecteur ; à cette heure-ci, je prépare la chambre de Madame.

– Nous ne serons pas longs.

– Puisque vous l'exigez.

Oliver Claid se tint très raide, à distance respectueuse des policiers.

– Êtes-vous encore persuadé, M. Claid, que la mort du duc ne fut pas naturelle ?

– Aucun élément nouveau n'a modifié mon avis, inspecteur.

Higgins feuilleta son carnet noir.

– Un détail m'étonne, M. Claid.

Le valet de chambre demeura impassible. Le visage

allongé, les favoris soignés à la perfection, il regardait au loin.

– Votre métier fait de vous un observateur privilégié, poursuivit Higgins. En toutes circonstances, vous manifestez sang-froid et maîtrise de vous, en excluant toute exaltation de mauvais aloi. Soupçonner qu'un meurtre a été maquillé en accident n'est pas une démarche banale ; ne fondez-vous pas votre certitude sur un fait précis que, pour des raisons connues de vous seul, vous refusez de nous révéler ?

– Dois-je répondre de manière directe ?

– S'il vous plaît, insista Marlow, irrité.

En un instant, le superintendant comprit la stratégie de Higgins. Depuis le début, il soupçonnait le dénonciateur d'être l'assassin. Oliver Claid, regrettant son geste, ou bien cédant à un exhibitionnisme bien connu chez un certain nombre de criminels, avait attiré l'attention sur lui, certain de ne pas être démasqué. Réaliser le crime parfait, le faire savoir, demeurer impuni, était-il plus beau rêve d'assassin ?

– C'est extrêmement délicat, avoua Oliver Claid avec la gravité seyant à la circonstance.

– Je n'en disconviens pas, mais j'apprécierais davantage d'éclaircissements.

– Vous me contraignez à sortir de mon rôle.

– Ne l'avez-vous pas déjà fait ?

– Ce fut un rude débat avec ma conscience, inspecteur. Après l'avoir tranché, j'espérais demeurer sur ma réserve professionnelle et garder le silence.

– Ce n'est plus possible, estima Scott Marlow ; vous êtes le seul, semble-t-il, à détenir la preuve du meurtre.

– Voilà une charge dont je me passerais volontiers.

– Nous vous écoutons, insista le superintendant.

Oliver Claid tira sur les pans de son gilet rayé et s'exprima d'une voix monocorde, sans regarder ses interlocuteurs.

Au-dehors, une pluie fine nourrissait la pelouse.

– Le duc de Motherwell n'était pas un homme ordinaire. Il devait son génie d'inventeur à un contact régulier, sinon permanent, avec les fées de la campagne galloise. C'est une réalité que les citadins sont inaptes à percevoir. Dès mon arrivée ici, j'ai compris que le bonheur qui habitait ces lieux n'était pas dû aux humains, mais à des protectrices invisibles.

Scott Marlow, ébahi, faillit lâcher son verre de porto. Un fou, un illuminé, un valet de chambre au cerveau détraqué, voilà l'individu qui les avait conduits à mener cette enquête sans queue ni tête !

– Est-ce une interprétation personnelle, questionna Higgins, ou bien avez-vous recueilli des confidences de la part du duc ?

– Il m'en a parlé très librement, avec la simplicité qui le caractérisait. C'est pourquoi je connais le nom de l'assassin.

Marlow sursauta.

– Parlez, exigea-t-il.

– Cette révélation ne vous sera d'aucune utilité.

– Laissez-nous juges.

– C'est un *strige*, un vampire femelle, qui a tué John Arthur Llewyn Griffiths, duc de Mortherwell.

Assommé, le superintendant jeta un regard désespéré à Higgins, qui semblait accorder le plus grand intérêt aux déclarations insensées d'Oliver Claid et prenait même des notes sur son carnet noir.

– Le duc la soupçonnait-elle ? interrogea l'ex-inspecteur-chef.

– Il courait le risque en pleine conscience. Les *striges* ne supportent pas qu'un humain bénéficie de trop de bonheur ; comme celui-là ne pouvait l'attaquer à l'intérieur du château, en raison de la protection des fées, il l'a surpris sur la route.

– Un *strige* peut-il s'incarner dans un corps de femme et revêtir son apparence ?

– Bien entendu, inspecteur.

Ce dernier échange de vues permit à Marlow de revenir sur terre. Ainsi, Oliver Claid avait choisi le sentier de la parabole et de la fantasmagorie pour indiquer au Yard que l'assassin était une femme. Kate Griffiths, Winifred ou Arabella Peer ? Encore fallait-il identifier la coupable de manière certaine et comprendre comment elle avait agi.

– Ne pouvez-vous être plus précis ?

– Je n'en sais pas davantage, inspecteur.

– Vous prenez bien votre jour de congé le dimanche, demanda Higgins.

– En effet.

– Comment occupez-vous vos loisirs, M. Claid ?

Le lobe de l'oreille gauche du majordome frétilla.

– Suis-je contraint de vous répondre ?

– Nullement.

– En ce cas, je préfère me taire ; ma vie privée ne concerne que moi. Avez-vous encore besoin de moi, messieurs ?

– Encore une question, M. Claid, madame Griffiths n'était-elle pas sur le point de vous renvoyer ?

Les lèvres du majordome s'entrouvirent, il manqua d'air. Le souffle court, le regard perdu, il bredouilla :

– C'est... c'est une infamie ! Jamais, jamais... Consultez Madame... Qui a osé ?

– Merci, M. Claid.

CHAPITRE XXIX

Babkocks s'occupait de tout. Il se chargeait, en compagnie d'un fonctionnaire, de procéder à l'exhumation selon les règles puis de pratiquer l'autopsie et de remettre le corps en l'état. Kate Griffiths, après avoir autorisé Higgins à lui donner son plein accord par téléphone, s'était retirée dans sa chambre, brisée.

Edward et Winifred, quel que fût leur chagrin, vaquaient à leurs occupations habituelles. Ni la nature ni les animaux ne succombaient à la tristesse et à la mort ; avec eux, la vie imposait ses exigences à chaque instant.

Oliver Claid, remis de ses émotions, traquait les poussières, les tableaux de guingois et les parquets mal cirés. Arabella Peer était à ses fourneaux, lorsque Higgins et Marlow pénétrèrent dans sa cuisine.

– Inspecteur ! Désirez-vous goûter ?

– J'ai une grande faveur à vous demander.

Intriguée, les mains sur les hanches, la robuste demoiselle considéra le policier.

– Laquelle ?

– Comme Mme Griffiths est souffrante, le superintendant et moi-même souhaiterions déjeuner avec vous, ici-même.

– Mais ça ne se fait pas !

– C'est bien pourquoi il s'agit d'une grande faveur.

– Ça alors ! J'ai beaucoup vécu, mais faire déjeuner des gentlemen à la cuisine...

Vaincue, Arabella Peer refusa de laisser les deux hommes mettre la table. Elle disposa une nappe brodée et des couverts en vermeil, puis servit un succulent repas : venaison aux champignons sauvages, crêpes de crustacés avec sauce au homard, suprême de volaille et gelée garnie d'orange.

Marlow, ravi, commençait à sommeiller lorsque Higgins, au milieu de divers compliments mérités, posa une question délicate au cordon bleu.

– Oliver Claid est un homme étrange, il est tellement attaché à ses fonctions que je me demande comment il occupe son jour de congé.

Arabella Peer pouffa.

– Si vous le saviez !

– Ai-je le droit d'être curieux ?

– Plus ou moins, inspecteur.

– Me permettez-vous de choisir le plus ?

– Vous êtes un charmeur, inspecteur.

– J'aimerais tellement savoir comment vous avez mené votre enquête sans sortir d'ici.

– C'est vraiment très indiscret...

– Mais si passionnant.

Arabella Peer servit à ses hôtes deux belles parts de gâteau aux fruits.

– À dire vrai, confessa-t-elle, je ne suis pas mécontente de mes investigations. Lorsque ce Claid est arrivé ici, je me suis immédiatement méfiée. Faire confiance à un étranger, n'est-ce pas stupide ? Les premiers temps, il s'est tenu tranquille. Le dimanche, il se contentait de dormir et de se promener dans la campagne ; j'étais certaine que ça ne durerait pas, et j'avais raison !

La cuisinière rassembla ses souvenirs.

– La loi veut que les pubs soient fermés le dimanche. Dans nos villages, on la contourne volontiers ; comment les policiers se passeraient-ils de leurs fléchettes ? Bien sûr, l'accès est réservé aux initiés, et il lui a fallu plusieurs mois pour se faire admettre dans la confrérie des buveurs du dimanche. Comme le laitier en fait partie, il m'a renseigné sur le comportement d'Oliver Claid.

Au ton enjoué de la cuisinière, on pouvait s'attendre à de croustillantes révélations.

– J'ose à peine vous en parler, inspecteur... Mais quand on a commencé, on doit finir. Eh bien, aussi incroyable que cela soit, Oliver Claid est un forcené de fléchettes. Il ne laisse sa place à personne, se déchaîne dès que la compétition commence, se passionne pendant des heures, et sombre dans un terrible marasme s'il perd. Inconcevable !

– Inconcevable, répéta Higgins avec sérieux.

– Il y a plus : Claid ne boit que du lait. Un homme véritable se contenterait-il d'une boisson pour bébés ? Ce pays a élevé nos soldats avec de la bière et du whisky, que diable !

Marlow approuva d'un hochement de tête.

– Pour être franche, inspecteur, ce vice m'a amenée à m'interroger sur ses mœurs.

– À ce point ?

– Claid est encore jeune, pas trop vilain garçon, et pas de femme à l'horizon... Imaginez-vous mes craintes ?

– Certes.

– Les invertis sont des malades. Chez les animaux, ils sont éliminés. Si Claid en avait fait partie, il n'aurait pu échapper à mon hachoir.

– Si je vous suis, ce n'était pas le cas ?

– Heureusement non. Une petite framboise de ma fabrication ?

Il ne s'agissait pas de la petite baie rouge au naturel, si bénéfique pour la santé, mais d'un alcool particulièrement corsé. Higgins se contenta d'y tremper les lèvres, Marlow fut contraint de desserrer son col de chemise.

– Votre enquête s'est donc poursuivie.

– Bien sûr, inspecteur ! Quand Claid fut lassé des joies du village, il a cherché d'autres distractions. Un dimanche, il m'a échappé. Ni le laitier ni les commerçants ne l'avaient repéré ; quelle déception et quelle angoisse ! Je n'ai pas accepté cette défaite. La semaine suivante, j'ai ordonné au facteur de déclencher son réseau. Ainsi, nous n'avons plus perdu Claid de vue. Si vous saviez...

– C'est mon vœu le plus cher.

Arabella ménagea ses effets, jouant sur l'impatience de son auditoire.

– Un autre village, un vallon perdu, une grande maison avec cinq cheminées, et trois sorcières, la grand-mère, la mère et la fille qui vivent là, isolées du monde. Depuis trente ans, elles entretiennent le contact avec les fées, les démones et les vampires femelles. Voilà l'endroit où Claid se rendait pour s'adonner à la sorcellerie.

– Pour vous, un choc affreux.

– Pensez-vous ! C'est une pratique courante dans la région. Nous comptons sur nos sorcières pour expulser les Anglais. Les résultats ne sont pas très convaincants, sauf en rugby, mais nous finirons par réussir.

– Savez-vous ce que venait chercher Oliver Claid ?

– Je suis allée en personne voir ces trois sorcières ; elles ont compris mon point de vue. D'un majordome, on doit tout savoir, le bon comme le mauvais. Sinon, comment lui confier une maison ?

La logique de la cuisinière était implacable.

– Ainsi, vous connaissez la vérité.

– Oui, inspecteur, et j'en suis fière.

À la manière d'une tragédienne laissant placer un lourd silence avant de lancer une réplique imparable, Arabella Peer asséna le coup décisif.

– Oliver Claid implore les sorcières afin que les fées le mettent à l'abri du rhume gallois, qui l'empêcherait de remplir ses fonctions au château. Son travail l'obsède, ne pouvoir l'accomplir à cause de cette affection le conduirait aux portes du suicide. En proie à des crises d'éternuement, le nez bouché, un mouchoir à la main, il serait devenu ridicule. Est-il un mal plus redoutable pour un majordome ?

L'analyse d'Arabella Peer était irréprochable.

– Claid passe tous ses dimanches chez les sorcières afin d'obtenir la protection des fées. Le remède est excellent ; aucun rhume ne l'a touché, sa santé ne vacille pas.

– Brillante enquête ! Avez-vous transmis les résultats au duc et à son épouse ?

– C'était mon devoir.

– Qu'ont-ils pensé ?

– Leur tolérance n'est pas un vain mot. Le duc a même accepté de confier à Claid qu'il croyait aux fées, gardiennes du bonheur de ce château, afin d'entretenir un climat de confiance.

Scott Marlow ne savait plus sur quel pied danser.

CHAPITRE XXX

Un appel téléphonique avait contraint Marlow à quitter le domaine de Motherwell pour regagner Scotland Yard de toute urgence. L'esprit quelque peu embrumé par la liqueur de framboise, le superintendant avait fait confiance à sa vieille Bentley pour le mener à bon port.

Alors qu'Arabella Peer s'adonnait à sa sieste rituelle et qu'Oliver Claid faisait briller les armures médiévales, Higgins se promena aux abords du château. À un certain moment, qu'il ne parvenait pas à préciser, il était passé tout près de la vérité. Une sensation fugace, impalpable, qu'il n'avait pas su retenir et rendre consciente. Sans nul doute, un nouveau signe de vieillissement.

À la pluie avait succédé un ciel nuageux où le soleil éprouvait beaucoup de difficultés à percer ; la température ne dépassait plus dix degrés, les gazons, les haies et les arbres revivaient.

Une Bentley rutilante, un rien prétentieuse, sortit de l'allée bordée de platanes et s'immobilisa près de l'entrée principale. En descendit un personnage grand et maigre, à la tête d'enterrement, habillé comme un homme d'affaires de la *City*.

– Êtes-vous un nouveau domestique, mon brave ? Veuillez m'annoncer à Mme Griffiths, veuve du duc de Motherwell.

– Elle est souffrante.

– J'en suis navré, mais je dois lui remettre un document.

– Remettez-le-moi, je transmettrai.

Avec le suprême dédain qu'un membre de la *gentry* pouvait faire passer sur les épaules d'un manant, le grand échalas à l'allure funèbre foudroya Higgins du regard.

– Pour qui vous prenez-vous, mon brave ?

– Inspecteur Higgins, de Scotland Yard.

– Ah bien... Ravi de vous rencontrer. Je suis le notaire des Griffiths.

– Seriez-vous porteur du testament du duc ?

– En effet.

– Est-il surprenant ?

– Inspecteur, c'est extrêmement délicat...

– Je connaîtrai rapidement son contenu. Acceptez-vous de me faire gagner du temps ?

– Votre présence implique-t-elle une enquête... ennuyeuse ?

Higgins se contenta de hocher la tête de manière ambiguë.

– Le contenu du testament est des plus classiques ; la totalité des biens du duc revient à son épouse. À la mort de cette dernière, elle sera partagée entre ses enfants, une petite partie allant à sa cuisinière.

– Rien pour Stephen Hampton ?

– Oh... une bizarrerie ! Une petite sculpture médiévale représentant un chevalier qui laisse tomber son épée devant un lapin.

– Mme Griffiths connaissait-elle ces dispositions ?

– Bien sûr, puiqu'elle les a cosignées avec son mari. Si c'est préférable, je reviendrai plus tard ; ma démarche ne possède aucun caractère d'urgence.

– Revenez plus tard.

Pendant que le notaire quittait le domaine. Higgins reprit sa promenade, songeant à Babkocks, qui lui procurerait sans doute la clé de l'énigme.

L'ex-inspecteur-chef s'aventura dans le domaine sur lequel régnaient Edward et Winifred. Combien de paires d'yeux l'observaient ? Oiseaux, mammifères, grands et petits animaux étranges devaient s'interroger sur la présence de cet intrus qui prenait soin de se déplacer comme un chat, sans faire craquer une brindille de bois sec.

Au sortir du bois de hêtres, Higgins entendit une voix masculine. Il s'immobilisa, cherchant la direction d'où elle provenait. En s'approchant, il identifia les intonations.

Assis sur un rocher, le géant roux de Pswyll et Winifred se tenaient par la main. Le responsable du vivarium parlait avec chaleur, décrivant les splendeurs du paysage. Adossé à un tronc, Higgins goûta la douceur de l'air, attendant la fin de ce tendre entretien.

Le géant roux, après avoir embrassé Winifred sur les joues, bondit sur le dos d'un cheval pie et s'éloigna au galop. Rêveuse, la jeune femme, vêtue d'un corsage rouge et d'un pantalon noir, demeura sur son rocher.

En avançant vers elle, l'ex-inspecteur-chef toussota. Elle se tourna vers lui, sans nervosité.

– Vous étiez là, inspecteur ?

– Je ne désirais pas interrompre votre conversation.

– J'ai rencontré un garçon charmant, très compétent, aux projets séduisants. Nous nous entendrons à merveille ; avec lui, mes pensionnaires seront bien traités et nous créerons un magnifique vivarium. Le site de Motherwell devrait attirer un nombreux public.

– C'est une certitude.

– La paternité de l'idée vous revient, inspecteur.

– Détail sans importance, mademoiselle.

– Vous ne serez jamais un homme d'affaires.

– Le monde en est largement pourvu. Votre père croyait-il aux fées ?

– Papa ? C'était un magicien ! Si les fées existent, elles sont ses amies.

– Ne redoutait-il pas les vampires femelles ?

Winifred éclata de rire.

– Il aurait inventé une cage pour les enfermer !

*
**

La chambre de Higgins était vaste et claire, meublée en acajou massif. Aux murs, d'admirables tapisseries évoquant les champs et les bois de Motherwell. La commode et l'armoire, en bois de port*, étaient d'authentiques chefs-d'œuvre. Flottait un parfum d'ilangilang, plante des Moluques dont la finesse ravit l'odorat de l'ex-inspecteur-chef. Sur le lit à baldaquin, un moine de belle taille. Ce cylindre creux, chauffé par un réchaud, permettait de chasser le froid et l'humidité et de faire régner une chaleur douillette sous les draps.

Alors qu'un pâle soleil se couchait sur le château, dorant les vieilles pierres à la patine rassurante, l'ex-inspecteur-chef régularisa les poils noirs et blancs de

* Bois immergé dans les ports pendant une longue période et devenant aussi dur que du métal.

sa moustache avec un lissoir que lui avait offert une admiratrice, prit une douche brûlante, absorba une dizaine de gouttes de teinture-mère d'*Arnica-Rhus-toxicodendron* pour soigner ses rhumatismes, se parfuma avec de l'eau de toilette Tradition Chèvrefeuille de chez Creed, s'habilla d'une chemise blanche sur mesure et d'un costume croisé bleu nuit, dû à son tailleur personnel œuvrant chez Stovel et Mason. Un nœud papillon à pois rouges compléta l'ensemble.

Higgins s'interrogeait sur les résultats de sa démarche. Il aurait dû envisager une soirée paisible, mais les éléments dont il disposait laissaient planer un doute majeur. Reculer, cependant, eût été une impardonnable faute de goût.

Aussi prit-il la route de l'auberge de Cynthia Rhyndland, afin d'assister à la soirée poétique et musicale à laquelle il avait été convié.

CHAPITRE XXXI

– Bonsoir, M. Nevermore.
– Bonsoir, mademoiselle.
– Vous êtes encore le dernier...
– Des formulaires à vérifier.
– Bon courage !
– Bonne soirée, mademoiselle.

La secrétaire d'Adam Nevermore quitta le bureau de Stapple Inn, en pensant que son patron était un travailleur acharné, totalement dévoué à sa tâche et au Bureau britannique des brevets.

De sa fenêtre, Adam Nevermore observa le départ de sa secrétaire, qui disparut dans le flot des passants. À présent, il avait les mains libres. Après mûre réflexion, il s'était décidé à utiliser les locaux de son administration comme terrain de transactions. Combien de hauts fonctionnaires corrompus avaient été arrêtés, parce qu'ils prenaient des allures d'espion, se faisaient filer sans s'en apercevoir et tombaient dans un piège ? Ici, à Stapple Inn, il recevait des interlocuteurs d'allure officielle, après les heures officielles ; à ces clients venus du monde entier, il vendait des brevets, ou des parties de brevets, et se faisait verser ses émoluments sur un compte anonyme à Vaduz, au Liechtenstein. Dans moins de deux ans, il quitterait à jamais l'Angleterre et, sous une nouvelle identité, coulerait des jours heureux aux Bahamas.

Les brevets « Griffiths », savamment dévoyés, lui rapporteraient des sommes considérables ; mais une magnifique occasion, plus rentable encore, venait de se présenter. Certes, l'enquête menée par les deux policiers de Scotland Yard incitait à la prudence ; mais, d'après leur comportement, les deux hommes ne savaient rien de précis. De plus, Adam Nevermore était capable de les prendre de vitesse.

Un ingénu lui avait apporté un brevet concernant une régulation automatique de vannes ; l'invention était mal rédigée, mal présentée, mais remarquable. Nevermore l'avait refusée, en argumentant le rejet, mais tout en gardant l'essentiel, qu'il avait aussitôt négocié au téléphone avec l'un de ses meilleurs correspondants européens, dont l'émissaire arriverait dans moins d'un quart d'heure.

Il était simple, pour un haut fonctionnaire, de berner l'État et de profiter de sa position pour s'enrichir ; il suffisait d'y penser, d'avoir un peu d'imagination et d'audace, et d'utiliser à son avantage les multiples ficelles administratives. Depuis cinq ans, Adam Nevermore gagnait à tout coup, sans que personne ne le soupçonnât.

Adam Nevermore se servit un whisky écossais. D'ordinaire, il ne buvait que de l'eau minérale mais, ce soir, il s'accordait une petite folie avant de conclure l'affaire la plus lucrative de sa carrière.

Lorsque son correspondant sonna, il dissimula aussitôt verre et bouteille, afin de respecter sa règle d'or : pas de familiarités dans les affaires.

Nevermore ouvrit la porte.

L'homme était de taille moyenne, engoncé dans un imperméable marron, coiffé d'un chapeau banal.
– Monsieur le Directeur ?
– C'est mon cousin de Zurich qui vous envoie ?
– Il occupe une chambre d'hôtel à Kensigton.
Adam Nevermore esquissa un sourire.
– Mon bureau est sur la droite.
L'homme entra, mais resta debout.
– Vous avez le brevet ?
– J'exige le double de ma commission habituelle, déclara Adam Nevermore.
– Vous êtes très gourmand.
– Le document est exceptionnel, son exploitation sans risque.
– C'est une somme énorme.
– C'est une invention fabuleuse.
L'homme fit la moue ; Nevermore s'attendait à cette réaction.
– Je vous garantis la rentabilité de cette invention. Si ma proposition ne vous intéresse pas, je n'aurai aucune peine à traiter avec un autre partenaire.
– Aucune discussion possible ?
– Aucune.
– M'accordez-vous un délai ?
– Non.
– Mon patron...
– Si votre patron ne vous a pas accordé le pouvoir de décider sur-le-champ, vous ne m'intéressez pas. Nous conluons tout de suite ou jamais.
L'homme sortit un paquet de cigarettes de sa poche.
– Il est interdit de fumer dans ce bureau.
– Bon, c'est d'accord ; mais j'espère que vous ne tentez pas de nous abuser.
– Ce ne serait pas mon intérêt ; ma réputation de sérieux est bien établie. Ne tirerez-vous pas le maximum des brevets Griffiths ?

– Si, bien sûr.
– Avez-vous besoin d'autres références ?
– Non.
– Téléphonez à votre patron et donnez-lui le code du virement de l'argent sur mon compte.
L'homme décrocha le combiné et composa un numéro. Son correspondant répondit aussitôt.
– Tout est en ordre. J'ai le document, et la conversation a été enregistrée ; vous pouvez venir, superintendant.
Adam Nevermore devint blême.
– Superintendant...
– J'appartiens à Scotland Yard. Votre ligne a été placée sur écoute et vos « partenaires » interpellés ; ils nous ont donné le mot de passe et décrit la totalité de la procédure. Il ne restait plus qu'à vous prendre sur le fait.
Quand Scott Marlow lui passa les menottes, Adam Nevermore sanglotait.

*
**

Bien que le superintendant reçût les félicitations du grand patron du Yard, le *Commissionner Chief Constable* en personne, il éprouva une certaine amertume. Certes, il avait mis fin à un trafic de brevets et permettrait à la famille Griffiths de récupérer les royalties qui lui étaient dues ; Nevermore était un voleur de la pire espèce ; son arrestation vaudrait à Marlow la reconnaissance de la hiérarchie et celle de l'État.
L'ancien directeur du Bureau britannique des brevets avait signé des aveux longs et détaillés, avec des

noms, des dates et des sommes. Il n'avait rien caché de ses activités, trop ébranlé pour opposer la moindre résistance lors de l'interrogatoire.

Hélas, pas un mot sur Stephen Hampton. Les malversations de Nevermore n'avaient aucun rapport avec la disparition de John Arthur Llewyn Griffiths. Hampton ne pouvait être rendu responsable de ce décès et n'était nullement complice dans l'affaire du trafic des brevets. Alors que Nevermore croupissait en prison, Hampton sortait blanchi de cet épisode.

Marlow était amer parce qu'il avait le sentiment de passer à côté d'une vérité qu'occultait la chute d'Adam Nevermore.

CHAPITRE XXXII

La soirée poétique et musicale de Cynthia Rhyndland battait son plein. Un pianiste, petit-fils d'un général de l'armée des Indes, avait joué deux sonates de Haydn avec un toucher d'une grande élégance ; puis un quatuor amateur, formé d'un juge à la retraite, de son épouse, d'un joueur de polo et d'une vicomtesse italienne, avait exécuté le premier quatuor à cordes de Beethoven. Ces partitions avaient séduit la vingtaine de participants, que Cynthia Rhyndland avait triés sur le volet, afin de composer une subtile harmonie.

Après une pause, pendant laquelle ses hôtes burent un doigt de porto et dégustèrent des canapés au saumon, chacun lut un poème. On célébra ainsi le décasyllabe non rimé de Wyatt, *les Hespérides* de Robert Herrick, *les Saisons* de Thomson et *l'Élégie écrite dans un cimetière de campagne* de Thomas Grey. À la surprise de Higgins, une vieille demoiselle récita quelques vers des *Chants inachevés* d'Harriett J.B. Harrenlittlewoodrof.

S'écoule le chant de la rivière,
S'envolent les voix de cieux lointains,

S'éparpille la mémoire des siècles,
Tant que le regard demeure inachevé.

La soirée fut si réussie que le pianiste, pour la conclure, accepta de jouer un *Impromptu* de Schubert, après lequel seul conviendrait le silence d'une nuit de printemps.

– Restez un peu, inspecteur ; j'aimerais vous faire signer mon livre d'or.

Les invités partis, Cynthia Rhyndland présenta le précieux document à Higgins. Abandonnant quelques instants son crayon noir pour un stylo à plume or, il écrivit quelques mots.

L'aubergiste rougit en lisant.

– C'est gentil, inspecteur, beaucoup trop gentil...

– Les êtres de qualité sont rares, mademoiselle.

– Votre enquête a-t-elle progressé ?

– Je n'en ai pas l'impression.

– Votre témoin a-t-il refusé de parler ?

– Non, c'est un brave homme ; mais il n'avait rien à m'apprendre. Du moins, presque rien.

– J'ai le sentiment que vous me cachez quelque chose.

– N'est-ce pas plutôt votre cas ?

Cynthia Rhyndland referma le livre d'or.

– Vous avez tout découvert, n'est-ce pas ?

– J'en ai peur.

Contrariée, l'aubergiste tâta ses boucles d'oreilles, comme si elles menaçaient de tomber.

– J'ai voulu éblouir, je l'avoue ; mon enquête n'a pas été bien difficile, contrairement à ce que j'ai prétendu. Du haut de la colline, où je me promène chaque jour, j'ai vu l'accident et Braxmore, grâce à mes jumelles. Mais c'était un peu prosaïque... Décrire la réalité telle qu'elle est se révèle souvent si ennuyeux ! J'ai eu la vanité de me donner le beau rôle. Me pardonnez-vous, inspecteur ?

– Oui, à condition que vous me disiez toute la vérité.

– Rien d'extraordinaire, je le crains. J'ai vu la voiture du duc zigzaguer, puis percuter un platane, pendant que Braxmore s'enfuyait à toutes jambes, abandonnant un lièvre derrière lui.

– Personne d'autre ?

– Personne d'autre, inspecteur. J'aurais tellement aimé vous aider...

– Mais vous m'aidez beaucoup, mademoiselle.

Les yeux de Cynthia Rhyndland brillèrent d'excitation.

– De quelle manière ?

– En me décrivant cette fameuse réalité sur laquelle se fondent mes investigations.

– Est-ce... Est-ce un crime, inspecteur ?

– Nous le saurons bientôt.

– Malgré ma faute, me pardonnez-vous vraiment ?

– Sans aucune arrière-pensée. Voulez-vous une preuve ?

– Avec joie.

– À moi d'implorer votre indulgence.

Higgins s'assit au piano et joua l'*andante con espressione* de la huitième sonate de Wolfgang Amadeus Mozart, composée en 1777, une œuvre tendre, rêveuse et aérienne, sans difficultés techniques majeures, mais qui nécessitait une grande rigueur rythmique. Peu de notes, sans doute, mais chacune porteuse d'une vérité sensible que de très rares interprètes parvenaient à traduire.

Cynthia Rhyndland écouta, séduite, tandis que la mélodie montait vers la voûte étoilée. L'aubergiste oublia son auberge, ses clients et ses devoirs quotidiens, se laissant glisser au fil du chant mozartien.

*
**

Higgins achevait de s'habiller quand une pétarade couvrit le chant des oiseaux. L'ex-inspecteur-chef reconnut ce bruit caractéristique : il s'agissait de la moto de Babkocks, un engin rapatrié d'El-Alamein, que le meilleur médecin légiste du Royaume s'acharnait à réparer lui-même.

Sosie de Winston Churchill, mal embouché, bougon, habillé de sa sempiternelle veste d'aviateur en cuir, héritage de la Royal Air Force, Babkocks ne cessait de fumer un cigare composé de déchets de tabacs exotiques dont il bourrait ses poches. Dans un espace fermé, la puanteur était abominable et dissuadait quiconque de s'approcher de l'antre du légiste, aménagée à la manière d'une salle de pub, où il buvait un whisky irlandais provenant d'une distillerie clandestine.

Babkocks aimait « ses » morts, quel que soit leur état ; aucun cadavre ne le rebutait. De la mort, il avait fait une alliée pour découvrir des vérités utiles aux enquêteurs. Combien de fois avait-il offert l'indice déterminant qui avait permis d'identifier un assassin ?

Higgins alla au-devant du légiste.

De la poche arrière de son pantalon kaki, Babkocks sortit une flasque en métal et but au goulot une rasade de whisky.

– La meilleure manière de s'éclaircir les idées, déclara-t-il. Londres m'annonce un noyé bien amoché et un bookmaker lardé de soixante-dix coups de couteau. À côté d'eux, ton accidenté de la route était une vraie partie de plaisir. Autopsier un duc, ce n'est pas banal.

Higgins, plutôt méfiant envers les conclusions des experts, dont les erreurs ne se comptaient plus, avait pleine confiance en Babkocks. Lorsqu'il donnait un avis, on pouvait s'y fier.

– Une belle santé, ton aristocrate. Aucun organe lésé, pas de tumeur, aucun signe de maladie grave.
– La cause du décès ?
– Enfoncement du thorax et de la boîte crânienne à la suite d'un choc violent ; avec un peu de chance, il aurait pu s'en tirer, mais l'angle d'impact lui fut défavorable. La mort fut instantanée ; même si les secours étaient arrivés plus tôt, ils auraient été impuissants. Pas de regrets, et qu'il repose en paix.
– La véritable cause du décès ?
– C'est celle-là, Higgins.
– N'as-tu décelé aucune trace de poison ?
– Aucune.
Avec tact, Higgins insista.
– La liste des substances toxiques est si étendue.
– J'ai des trucs à moi pour constater leurs effets, même s'il s'agit d'un poison avec action différée ou d'une drogue particulièrement « tordue ». L'identification pourrait être difficile, mais sa présence serait établie. En ce qui concerne ton duc, pas de poison.
– Aucun fait étrange, à ton avis ?
– Il a percuté un arbre et s'est fracassé le crâne, rien de plus.
Higgins se sentit glacé. Ainsi, il s'était trompé et avait fait endurer d'inutiles souffrances à Kate Griffiths.

CHAPITRE XXXIII

L'arrivée de Scott Marlow ne rasséréna pas Higgins, car le superintendant était porteur de mauvaises nouvelles, du moins en ce qui concernait l'enquête sur l'éventuel assassinat du duc de Motherwell. Les deux policiers, d'un pas lent, se promenèrent dans le parc où le lama, toujours suspicieux, les observait du coin de l'œil.

– Mes félicitations, mon cher Marlow ; vous venez de démanteler un réseau particulièrement pernicieux.

– Certes, mais j'aurais aimé vous apporter la preuve de la complicité de Stephen Hampton.

– Babkocks conclut à un décès accidentel ; je crois que nous devons renoncer à l'hypothèse du crime.

– La raison nous l'impose. Pourtant...

– Hésiteriez-vous encore, superintendant ?

– Cela m'irrite un peu d'entrer dans votre jeu, mais j'ai l'impression que nous n'avons pas réussi à découvrir le fin mot de l'histoire.

– Votre intuition, si je ne me trompe ?

Le superintendant grommela une réponse indistincte.

– C'était la mienne, moi aussi, mon cher Marlow,

mais nous nous sommes abusés. Considérez les alibis des éventuels suspects : Stephen Hampton se trouvait à son bureau londonien, ce qui l'innocente, que nous le voulions ou non.

– Du moins d'une intervention directe, rectifia Marlow.

– Certes, mais toute intervention indirecte paraît exclue. Edward et Winifred soignaient un animal, Mme Griffiths et Arabella Peer se tenaient dans la cuisine du château.

– Et Oliver Claid ?

– Un doute subsiste, je vous le concède, mais les témoignages sont formels : il ne rôdait pas sur les lieux de l'accident. Restent une substitution de documents et le vol du dernier brevet établi par le duc. Un délit, mais pas un crime.

– Ainsi, vous renoncez ?

– Ni agression directe, ni sabotage, ni empoisonnement... L'accident s'impose. Il ne me reste plus qu'une minuscule piste à explorer, mais je n'ai guère d'espoir.

*
**

Kate Griffiths reçut Higgins dans le salon aux armures. Vêtue d'un tailleur rose pâle, à peine maquillée, ses beaux yeux verts noyés de tristesse, elle semblait égarée dans un monde où elle ne possédait plus de point d'ancrage.

– Je suis désolé, madame, de vous avoir entraînée dans cette aventure.

– Je ne vous reproche rien, inspecteur ; c'est moi,

et moi seule, qui ai pris cette décision. À présent, nos doutes sont dissipés.

– Vous contredire serait malséant.

Kate Griffiths sembla étonnée.

– Vous acharneriez-vous ?

– Si je ne vous avais pas promis de retrouver le dernier brevet de votre mari, je regagnerais immédiatement mon domicile. Mais je dois m'acquitter de cette tâche.

– Si vous le désirez, je vous délivre de cette promesse.

– Ce serait contraire à ma règle de vie ; seul un parjure reprend la parole donnée.

– Avec ou sans ce brevet, nous parviendrons à sourire ; vos projets ont redonné espoir à mes enfants.

– Le Bureau des brevets vous doit des indemnités considérables, en raison de la fraude commise ; votre avenir me semble assuré.

– Vous m'apportez un argument décisif pour vous soulager d'une corvée.

– Permettez-moi de respecter mes engagements.

– À votre guise, inspecteur.

Higgins feuilleta son carnet noir.

– Votre mari passait le plus clair de son temps au château.

– Il sortait rarement, en effet.

– Quelles étaient ses distractions ?

– La lecture d'ouvrages scientifiques. Une fois par mois, il allait au village, à Gwnfycwr.

– Qu'y faisait-il ?

– Il se préoccupait de la qualité des eaux de la rivière, qui lui apparaissait comme une richesse sans égale. À plusieurs reprises, il a tancé le maire, afin qu'il n'autorise aucune industrie à y déverser ses déchets. Une fois par trimestre environ, il rendait visite au docteur Anthony Mosley.

– Était-il souffrant ?

– John Arthur jouissait d'une santé de fer ; ce n'était pas le médecin qui le recevait, mais le camarade de collège. Ils partageaient des souvenirs, évoquaient les difficultés et les joies du village, et buvaient une bière.

– Le docteur Mosley venait-il parfois au château ?

– Jamais.

– Pour quelle raison ?

– C'est un personnage très casanier ; deux fois l'an, il quitte sa maison de Gwnfycwr pour rendre visite à sa vieille mère de cent cinq ans qui réside à Madère. Une trahison, selon ce brave docteur. Un Gallois, d'après lui, doit vivre et mourir au pays de Galles.

– Comment a-t-il réagi à l'annonce de la mort de votre mari ?

– Il doit précisément être en voyage ; j'ai vainement tenté de le joindre.

– M'autorisez-vous à explorer le château ?

– Avec l'espoir de découvrir le brevet ?

– Je ne peux rien vous cacher.

– Cette demeure est immense ! Elle offre des milliers de cachettes. Si vous estimez cette démarche utile, vous avez le champ libre.

*
**

Une journée entière, l'ex-inspecteur-chef explora les pièces du château de Motherwell, de la cave au grenier. En dépit de sa volonté d'observer chaque détail, il se laissa charmer par la noble douceur des lieux où le temps s'était arrêté. Ici murmuraient les voix d'un monde lointain et disparu, qui survivait par les tableaux, les gravures et les tapisseries. Ce que l'humanité avait gagné en progrès technique, ne l'avait-elle pas perdu en art de vivre ? Que de pensées et de sentiments orientés vers la beauté et l'harmonie aujourd'hui esclaves de monstres masqués au service de la rentabilité, diablesse impitoyable !

John Arthur Llewyn Griffiths avait eu raison de ne pas quitter sa demeure ancestrale et de ne pas s'enfermer dans un quelconque laboratoire où son sens de l'invention se serait stérilisé.

Le genou gauche plutôt raide, Higgins revint bredouille de cette expédition, qu'il terminait par une chambre inoccupée jouxtant celle de Stephen Hampton. Ce dernier ouvrit sa porte.

– Chercheriez-vous quelque chose, inspecteur ?

– N'est-ce pas le propre de la condition humaine ?

– Vous paraissez fatigué.

– Les escaliers sont nombreux.

– Si je peux vous aider, n'hésitez pas.

– Il me faudrait vos aveux.

– Pardon ?

– Le dernier brevet du duc de Motherwell a été volé, et peut-être caché dans cette maison ; n'est-il pas normal que les soupçons se portent sur vous ?

Le petit fonctionnaire au dos voûté se révolta.

– Vous y allez fort, inspecteur ! Chacun, ici, connaissait la valeur d'une invention de John Arthur !

– Certes, mais la négocier et en tirer profit exige des compétences que vous seul possédez.

L'argument sembla porter.

– Une évidence aveuglante, on dirait ! Vous devriez regarder plus loin que le bout de votre nez ; d'autres que moi ont pu avoir des idées et se donner le moyen de les réaliser.

– Parce que vous avez eu ces idées-là ?

Furieux, Stephen Hampton claqua sa porte.

CHAPITRE XXXIV

Le petit village de Gwnfycwr se composait d'une artère centrale, bordée de petits magasins et de maisons à deux étages, aux fenêtres à croisillons. Dès que l'on sortait de la grand-rue, on se heurtait à des murets de pierres délimitant des pâturages où s'épanouissaient des moutons dodus. Les propriétés, de taille médiocre, grimpaient jusqu'au sommet des collines, que des siècles de vents violents avaient usées.

Higgins avait de la chance : c'était jour de marché, autrement dit le moment décisif de la semaine où chacun sortait de chez lui et discutait avec les autres habitants du village, soit pour vendre, soit pour acheter, soit pour recueillir ou transmettre des informations.

Des yeux inquisiteurs repérèrent l'étranger ; l'ex-inspecteur-chef se fondit dans la foule, se mêlant aux fermiers qui discutaient âprement le prix d'un mouton ou d'un bœuf, puis à des propriétaires de jardins qui proposaient fruits et légumes à une clientèle enjouée mais exigeante. En certaines occasions, le troc demeurait en usage. Higgins s'attira la sympathie en achetant des cerises, à un bon prix pour le vendeur, et en les consommant sur place.

Peu à peu, l'atmosphère se détendit et la population prit l'homme du Yard pour un inoffensif touriste, épris des produits de la campagne galloise. Ce fut le moment que choisit Higgins pour s'approcher d'un vieillard assis devant l'église, les mains croisées sur le pommeau de sa canne, une pipe en terre fichée dans le coin gauche de sa bouche. De cette position stratégique, il voyait tout ce qui se passait sur le marché ; aucun contact ne pouvait lui échapper. Il ressemblait à un fantôme tranquille, décidé à préserver les traditions du village et à l'empêcher de sombrer dans la modernité.

– Me permettez-vous de m'asseoir à côté de vous ? demanda Higgins.

– Le banc a deux places.

Après une période de temps médiocre, le ciel se dégageait, mais la température ne remontait pas.

– Vous êtes bien le policier qui enquête sur la mort du duc de Motherwell ?

– Mon nom est Higgins.

– Vous n'êtes pas un débutant, on dirait. Tant mieux. Les jeunes policiers sont trop pressés. Quand on s'occupe de la mort, on doit apprendre la patience.

– Le duc était un homme estimé.

– Très estimé, à juste titre. Grâce à lui, nous avons préservé la qualité de notre rivière ; son autorité scientifique a écarté les pollueurs.

– Sa disparition est un malheur.

– En effet.

– Vous l'avez bien connu, je suppose ?

– Lorsqu'il venait au village, il me saluait. Pourquoi croyez-vous qu'il a été assassiné ?

– Ce n'est qu'une hypothèse.

– Si un enquêteur de votre expérience s'est déplacé, ce n'est pas par hasard.

– Le Yard a été alerté, mais nos investigations sont demeurées stériles.

– Alerté par le majordome, Oliver Claid. Ce genre de personnage empressé ne peut pas s'empêcher de croire au pire, surtout lorsqu'il fréquente les sorcières.

– Le lui reprochez-vous ?

– Demandez-lui pourquoi il a acheté une *lovespoon* ancienne sur le marché, voilà deux mois.

L'information n'était pas négligeable, puisqu'un fiancé devait offrir cette cuillère en bois, gravée de motifs celtiques, à sa promise, en gage d'amour et de fidélité. Au château, seule Winifred pouvait avoir inspiré au majordome de tendres sentiments. Jamais le duc de Motherwell, quelle que fût sa tolérance, n'aurait accepté cette mésalliance. De plus, Winifred avait donné son cœur au géant roux, son futur associé.

Déçu, Oliver Claid avait-il décidé de supprimer le duc après avoir essuyé un refus ?

– Connaissez-vous le nom du destinataire de cette cuillère ?

– Demandez-le à Claid.

– Le village le rejette-t-il ?

– C'est un Gallois, il est ici chez lui.

– La rumeur confirme-t-elle l'assassinat ?

– Le village est en état de choc ; personne ne comprend pourquoi le duc a été victime de cet accident. Il conduisait bien, connaissait à merveille une route droite et sans danger.

– Un malaise, peut-être ?

– Chez un homme en excellente santé ?

– Il consultait régulièrement le docteur Mosley.

– Pour bavarder.

– Un pilier de votre communauté, lui aussi.

– Anthony Mosley a accouché toutes les femmes que vous avez vues sur le marché.

– La famille du duc m'a semblé heureuse et équilibrée.

– Vous avez raison. L'adoption est une loterie, mais John Arthur, avec sa chance habituelle, a tiré deux bons numéros.

– Une chance qui l'a brusquement quitté...

– Si c'est le destin, inclinons-nous ; si c'est la main de l'homme, identifiez-la.

*
**

Le docteur Mosley habitait une maison à trois étages précédée d'un jardinet, à la sortie nord de Gwnfycwr. Higgins tira la chaîne dorée. La clochette répandit son chant aigrelet, mais personne ne répondit. Pourtant, les volets étaient ouverts. L'ex-inspecteur-chef insista, sans succès.

Une voisine l'observait.

– Pardon de vous importuner, madame, le docteur Mosley est-il chez lui ?

– Il est rentré hier matin de chez sa mère.

– A-t-il reçu des clients aujourd'hui ?

– Non, car il prend quelques jours de repos quand il revient de voyage. À soixante-dix ans, il a besoin de récupérer.

– L'avez-vous vu sortir de chez lui ce matin ?

– Non, mais je ne passe pas mon temps à l'espionner.

Higgins était persuadé du contraire. Inquiet, il remercia la voisine et retourna auprès de l'aïeul qui, de son observatoire, continuait à regarder le marché.

– Qui est *constable,* à Gwnfycwr ?
– Andrew, un parfait imbécile.
– Son aide m'est indispensable.
– Il fait la cour à une fermière, à notre gauche.
La canne de l'ancêtre désigna le policier local, dont l'uniforme avait connu des jours meilleurs.
Higgins attendit pour l'aborder que la fermière l'eût repoussé avec véhémence.
– Inspecteur Higgins, Scotland Yard ; j'ai besoin de votre collaboration.
Le regard du *constable* fut inexpressif.
– Scotland Yard à Gwnfycwr... Mais tout est calme. Je n'ai rien demandé.
– Je redoute un accident.
– J'aurais été prévenu.
– Auriez-vous l'obligeance de m'accompagner ?
– Ben... Je dois surveiller la fin du marché.
– J'en prends la responsabilité.
À contrecœur, le *constable* céda ; Higgins pressa le pas.
– Hé... Pas si vite !
Sans ralentir l'allure, l'ex-inspecteur-chef arriva devant la demeure du médecin et sonna une nouvelle fois.
– Nous devons entrer chez le docteur Mosley.
– Une effraction ?
– Justement non, une intervention d'urgence.
– Je n'ai pas l'habitude, moi... Si le docteur ne veut pas répondre, c'est son droit.
– S'il a été victime d'un malaise, vous serez inculpé de non-assistance à personne en danger.
– Ce serait bien ennuyeux.... Mais on ne va quand même pas enfoncer la porte !
– Voyons d'abord si elle est fermée.
Elle l'était.
– Cassez un carreau, exigea Higgins.

– Vous vous rendez compte ?

– Le docteur n'est pas sorti de chez lui depuis hier soir.

L'ex-inspecteur-chef s'avançait un peu, mais il lui fallait convaincre le *constable* d'intervenir.

– Bon... Je vais essayer.

Il ramassa une pierre, dans le jardinet, et tapa délicatement contre une vitre du rez-de-chaussée.

– Docteur, hep, docteur ! C'est moi, Andrew. Vous voulez bien ouvrir ?

Le *constable* se retourna vers Higgins.

– Il ne veut pas.

– Il ne peut pas, rectifia l'ex-inspecteur-chef.

Dans la rue, on s'attroupait ; la voisine était sortie de chez elle et occupait le premier rang.

– Cassez, Andrew.

Après une ultime hésitation, le policier passa à l'acte.

Il colla son œil à l'ouverture ; le salon du rez-de-chaussée était vide.

– Le docteur n'est pas là.

Higgins ôta les fragments de fenêtre.

– Enjambez et ouvrez la porte de l'intérieur.

Le marché se vidait ; alertés, acheteurs et vendeurs se rassemblaient devant la maison du docteur Mosley.

Tremblant, indécis, Andrew n'osa pas résister à Higgins. Dès que la porte fut ouverte, Higgins pénétra dans la maison.

– Tenez-vous sur le seuil, Andrew, et ne laissez entrer personne.

Au rez-de-chaussée, un salon bourgeois, le cabinet du praticien et une cusine. En s'engageant dans l'escalier, Higgins appela une nouvelle fois le propriétaire des lieux ; mais aucune voix ne brisa un silence inquiétant.

L'ex-inspecteur-chef monta lentement les marches,

couvertes d'un tapis de laine usé. Sur le palier, trois portes. Higgins poussa la première : une salle d'eau. La deuxième et la troisième étaient celles de chambres meublées de façon sommaire.

C'est au grenier que l'ex-inspecteur-chef trouva le docteur Anthony Mosley, pendu à une poutre.

CHAPITRE XXXV

Gwnfycwr était en état de choc ; la dernière mort tragique remontait au XVIIIe siècle, lorsqu'un nobliau anglais avait violenté une jeune Galloise que son père avait vengée. Anthony Mosley, en dépit de son caractère plutôt rugueux, était aimé de tous. Il soignait les plus pauvres gratuitement, n'hésitait pas à se déplacer la nuit et les jours fériés, réconfortait les malades, accompagnait les mourants jusqu'à l'ultime passage.

Sans lui, le village se sentirait orphelin.

La rumeur s'enfla très vite : le médecin et le duc, deux amis d'enfance, étaient morts à quelques jours d'intervalle, dans des circonstances mystérieuses. Pour le premier, un suicide incompréhensible ; pour le second, un accident bizarre.

Quelqu'un, à Gwnfycwr, cherchait-il à supprimer les piliers de la société villageoise, et dans quelle intention ?

*
**

Higgins avait obtenu du *constable* qu'il ne touchât à rien avant l'arrivée de Marlow, de l'Identité judiciaire et de Babkocks. Ce déploiement de forces étonna le village, mais la voisine expliqua avec conviction que le suicide d'un notable comme le docteur Mosley n'était pas un événement ordinaire. Le *constable,* dans le pub enfumé, rempli de toute la population masculine, ne cessait de décrire le cadavre suspendu à la poutre, enrichissant son récit de détails de plus en plus macabres.

L'ex-inspecteur-chef avait fouillé la maison du défunt de fond en comble sans découvrir le moindre indice permettant de relier cette mort à celle du duc de Motherwell. Marlow n'avait pas eu davantage de chance. Comme son collègue, il était perturbé par cette tragique disparition, refusant de croire à la loi des séries.

Babkocks procura aux deux policiers l'information décisive qu'ils attendaient.

– Eh bien, messieurs, ce n'est pas un suicide.

Le légiste se servit un verre de whisky frelaté, y laissa tomber les cendres de son cigare et avala le breuvage.

– Votre médecin était un fumeur invétéré qui aurait dû mourir depuis longtemps d'un cancer du poumon ; à croire que l'air de la campagne galloise est un véritable antidote !

– Ne s'est-il pas suicidé pour éviter une fin atroce ? suggéra Marlow.

– Sûrement pas. Le suicide par pendaison est un cas bien connu ; j'en ai vu des quantités. Quand un désespéré s'est pendu lui-même, la corde grave dans la chair des sillons très caractéristiques ; lorsqu'un assassin suspend le cadavre de sa victime, les marques sont différentes, et tout aussi caractéristiques. C'est pourquoi j'affirme, sans aucune hésitation, que votre vieux toubib a été étranglé, et que l'assassin a tenté de maquiller son crime en suicide.

– Femme ou homme ?

– Ni un gringalet, ni une faible femme ; pour soulever le cadavre du toubib, le suspendre et l'accrocher à la poutre, il fallait une force certaine. Débrouillez-vous avec ça, et bonne chance. Moi, j'ai une urgence. Un autre bookmaker dont la tête a été séparée du tronc.

Babkocks parti, Marlow inscrivit des noms sur une feuille de papier.

– J'élimine Kate Griffiths : trop frêle. Winifred, en revanche, ne manque pas de force.

– Et Arabella Peer ?

– Je l'élimine aussi ; c'est une forte femme, mais elle ne quitte jamais sa cuisine.

– C'est du moins ce qu'elle veut nous faire croire.

– Croiriez-vous cette demoiselle capable d'une telle comédie ?

– S'il s'agit bien de deux crimes, et s'ils sont reliés, méfions-nous de tous les suspects, recommanda Higgins.

– À l'exception de Kate Griffiths, qui n'a pas la force physique nécessaire pour pendre le cadavre du docteur.

Higgins demeura silencieux.

– Nous devons les interroger, estima Marlow, mais à quoi bon ? D'après Babkocks, le médecin a été étranglé au milieu de la nuit. Chacun prétendra qu'il dormait. Une chance, peut-être : les voisins. L'un d'eux aura peut-être vu l'assassin.

– N'y comptez pas, superintendant ; j'ai examiné les lieux. L'assassin a dû entrer par derrière, en passant par un champ en friche.

– Reste la question majeure : pourquoi a-t-on tué ce vieux médecin inoffensif ?

– Question essentielle, en effet.

Higgins se demandait s'il devait ouvrir un nouveau carnet noir ou continuer à noircir les pages de celui qu'il consacrait au duc de Motherwell. Deux crimes étroitement liés, deux crimes sans rapport l'un avec l'autre, ou bien une mort accidentelle et un meurtre ?

***

Higgins s'assit à côté de l'ancien, fumant sa pipe en terre et contemplant les collines parées des fleurs du printemps.

– Le village a peur, déclara l'aïeul.

– Que redoute-t-il ?

– Que la mort frappe le maire, le pasteur ou moi-même.

– On parle de meurtre, n'est-ce pas ?

– Oui, inspecteur ; la majorité ne croit pas au suicide du docteur Mosley.

– Pour une fois, elle a raison.

– Un assassin, à Gwnfycwr ! Quelle époque !

– Ne concluez pas trop vite.

– Que sous-entendez-vous ?

– Si cet assassin habite au château, le village peut être rassuré.

L'ancien mâchonna l'extrémité de sa pipe.

– Est-ce une information ou un moyen de calmer la population ?

– Une information ou, plus exactement, ma conviction profonde.

– Avez-vous identifié le coupable, inspecteur ?

– C'est beaucoup dire.

– Que vous manque-t-il ?

– La compréhension d'un mécanisme.

– Est-ce si important ?

– Oui, car je peux avoir construit un château d'illusions.

– Ce n'est pas dans votre tempérament.

– Ce n'est pas un simple détail ; sans cette clé, je n'ouvrirai pas la bonne porte.

– Notre pays est mystérieux et difficile à déchiffrer, mais il aime la vie. La plus grande ambition des Gallois est de connaître le *Bwyl*, « le plaisir intense », sans lequel leur existence n'aurait aucun sens ; la tragédie et le néant ne les attirent pas. Puisqu'un être des ténèbres a décidé de nous nuire, empêchez-le d'agir.

De son promontoire, l'ancien regarda Higgins s'éloigner. Confiant, il bourra sa pipe.

CHAPITRE XXXVI

Oliver Claid, impeccable dans son gilet rayé et son pantalon noir, accueillit Higgins et Marlow.

– Ces messieurs désirent-ils voir Madame ?

– Nous aimerions d'abord vous parler.

Ce souhait, qui ressemblait fort à une exigence, contraria le majordome dont le lobe d'oreille frétilla.

– Est-ce bien nécessaire, inspecteur ? Mes tâches...

– Nous ne serons pas longs. Du moins, je l'espère.

La menace, à peine voilée, accentua le tic d'Oliver Claid.

– Puisqu'il le faut, soumettons-nous.

– Quel était le destinataire de la *lovespoon* que vous avez achetée sur le marché de Gwnfycwr ?

Oliver Claid faillit perdre un self-control accumulé depuis de nombreuses années ; Marlow songea à un bateau en train de sombrer.

– Dois-je répéter la question de mon collègue ?

– Non, non...

– Avez-vous acheté cette cuillère en bois, oui ou non ?

– Oui, oui...

– Vous êtes gallois, rappela Higgins, et vous

connaissez sa signification ; à qui la destiniez-vous, M. Claid ?

– À qui je la destinais ?

Le majordome semblait perdu.

– Mais... À personne !

– Est-ce crédible ?

– Sur mon honneur, je vous le jure ! Je suis collectionneur, rien de plus.

– Montrez-nous votre collection, exigea Marlow.

– Ma vie privée...

– Nous enquêtons sur un crime.

– Ah ! Mon intuition était donc juste.

Ni Marlow ni Higgins ne donnèrent d'explications.

– En ce cas, suivez-moi.

Dans les tiroirs de la commode ancienne qui trônait dans sa chambre, Oliver Claid avait accumulé quantité de petits objets en bois créés par les artisans gallois.

– Voici votre *lovespoon*, messieurs ; ce n'est pas sa signification qui m'intéresse, mais les motifs celtiques gravés sur le manche. Ils s'inspirent de la plus ancienne tradition et préservent ainsi la mémoire de nos ancêtres. Ne croyez pas que je sois amoureux de quiconque ; le monde des sentiments est bien trop compliqué. J'aime ce château, il me le rend bien, et nous sommes heureux ensemble.

***

Higgins et Marlow frappèrent à la porte de Stephen Hampton. Ils perçurent le raclement d'une chaise sur le parquet et le glissement des chaussons.

Le petit fonctionnaire ouvrit.

– Encore vous, inspecteur ! Et le superintendant en plus... Que se passe-t-il donc ?

– L'enquête prend un cours nouveau.

– Lequel ?

– Aucune rumeur ne vous est parvenue ?

– Je ne sors pas d'ici ; ces derniers temps, la chaleur était insupportable. Aujourd'hui, le soleil est revenu et il me brûlerait la peau.

– Votre comportement m'intrigue, avoua Higgins.

– Tiens donc... On peut savoir pourquoi ?

– Vous êtes un homme sérieux, ponctuel et méticuleux, M. Hampton.

– J'ai cette prétention.

– D'ordinaire, vous vous contentez de passer au château les week-ends et vos périodes de congés ; depuis deux jours, si vous n'êtes pas en vacances, vous devriez occuper votre poste, au Bureau britannique des brevets.

– Je ne suis pas en vacances.

– De la part d'un fonctionnaire aussi intransigeant que vous, une telle attitude n'est-elle pas surprenante ?

– Elle s'explique pourtant de la manière la plus simple.

– Pourriez-vous être plus clair ?

– La sensibilité, inspecteur.

Le terme était aussi incongru dans la bouche de Stephen Hampton qu'une fausse note sous les doigts du pianiste Edwin Fischer.

– Cette malheureuse Kate est toute seule, après le décès de son mari, qui était mon meilleur ami ; ma présence est un grand réconfort pour elle. C'est pourquoi j'ai sollicité de mon administration une semaine de congé exceptionnel que je rattraperai par des heures supplémentaires.

– Oublieriez-vous Winifred et Edward ?

– Ces deux sauvages ? Ils ne lui sont d'aucune aide. Des égoïstes, des anarchistes... Quand ils seront obligés de travailler dans un bureau, ils tâteront de la réalité, et j'en rirai bien !

– Est-ce à dire que le domaine va être vendu ?

– C'est l'évidence, inspecteur ! Sans le financement qu'assurait le génie de John Arthur, impossible d'entretenir une si vaste propriété. Assez bavardé comme ça... J'ai du travail.

– J'ai une bien pénible nouvelle à vous apprendre, déclara Scott Marlow avec gravité.

– Quoi encore ?

– Votre directeur, Adam Nevermore, a été arrêté et écroué.

Stephen Hampton eut un petit sourire, d'une rare cruauté.

– Amusant... Qu'est-ce qu'il a fait ?

– Utilisation frauduleuse de brevets, trafic d'influence, vente illégale de documents confidentiels... Les chefs d'accusation ne manquent pas et la condamnation sera lourde.

– Tant mieux ! Quand un patron subit les rigueurs de la loi, je m'en réjouis. C'est la revanche des petits, comme moi. Ils nous oppriment, nous exploitent et, comme disent les Français, « s'en mettent plein les poches ». Celui-là, au moins, n'est pas passé au travers des mailles du filet.

– Bien entendu, intervint Higgins, vous n'étiez au courant de rien ?

Hampton s'offusqua.

– J'aurais immédiatement dénoncé ce bandit ! Quand je serai interrogé, lors du procès, qu'il ne compte pas sur mon indulgence.

– Avez-vous consulté le docteur Mosley ?

– Qui ?

– Le médecin de Gwnfycwr.

– Ah oui, ce vieux praticien... Il m'a soigné deux ou trois fois, pour un refroidissement. Pourquoi cette question ?

– Nous en reparlerons.

– Les mystères de la police... Après tout, c'est votre affaire. Débarrassez-nous au plus vite de votre présence, nous vous en serons reconnaissant.

Marlow fulminait ; le caractère acariâtre du fonctionnaire l'horripilait de plus en plus.

– À propos de sensibilité, précisa Higgins, étiez-vous sérieux ?

– Je n'ai pas l'habitude de plaisanter.

– Pourtant, Kate Griffiths n'attend rien de votre présence au château.

– Qu'en savez-vous ?

– Elle ne vous accorde pas la moindre confidence sur l'avenir de Motherwell. Par bonheur, il sera plus riant que vous ne le supposiez... ou l'espériez.

Une nouvelle fois, Stephen Hampton claqua la porte au nez de Scotland Yard.

CHAPITRE XXXVII

Le soleil inondait le domaine de Motherwell et la température remontait de manière inquiétante. Kate Griffiths s'inquiétait de l'état de la pelouse lorsque Higgins et Marlow s'approchèrent d'elle.

– Nous sommes porteurs d'une bien triste nouvelle, déclara l'ex-inspecteur-chef ; le docteur Mosley a été assassiné.

– Mon Dieu ! Mais pourquoi ?

– Cette information est encore confidentielle, révéla Scott Marlow.

La veuve ne dissimula pas son étonnement.

– Je suis très honorée de votre confiance.

– Nous vous considérons comme hors de cause.

– Hors de cause ?

– Selon toute probabilité, c'est l'un de vos proches qui a supprimé le docteur Mosley et tenté de faire croire à un suicide.

– Pensez-vous ce que vous dites ?

– C'est un fait, madame.

Choquée, Kate Griffiths se tassa sur son siège.

– Je refuse d'y croire. Ni mes enfants, ni Arabella, ni M. Claid...

– Et Stephen Hampton ?

La veuve leva des yeux désespérés.

– Un acte aussi horrible... ça n'aurait pas de sens ! Quelle que soit sa médiocrité, il est incapable d'une telle barbarie.

– Puis-je vous prier de réunir M. Hampton, vos enfants et vos domestiques ce soir à vingt heures ? Cette confrontation me paraît indispensable.

– À votre guise, inspecteur.

*
**

En raison de la chaleur de la journée, la soirée semblait fraîche. Kate Griffiths avait choisi un salon d'apparat où, autrefois, les ducs de Motherwell recevaient l'hommage de leur féaux et leur engagement solennel de servir la province, en préservant la dignité et la liberté de ses habitants. Des tableaux représentaient les ancêtres de John Arthur en habits de fête, aux couleurs vives. Un immense tapis persan, évoquant les jardins du paradis, recouvrait un parquet en chêne massif.

Lorsque Higgins et Marlow entrèrent dans le salon, Kate Griffiths les accueillit d'une voix mal assurée.

– Stephen Hampton ne va pas tarder, messieurs. Que... que comptez-vous faire ?

– Simplement bavarder, répondit Higgins.

Edward et Winifred se tenaient côte à côte, près du buste en marbre de l'arrière-grand-père de John Arthur ; lui en costume gris, elle en robe du soir, ornée de colliers, de bagues et de bijoux. Ils auraient pu passer pour un couple de jeunes aristocrates. Arabella Peer, très élégante dans un tailleur mauve, était assise au-dessous d'un portrait en pied d'un vieux duc à cheval, le bras tendu vers l'horizon. Debout, le buste raide, le regard fixe, il ressemblait à une statue.

– Devons-nous attendre Stephen Hampton ? demanda Kate Griffiths.

– Ce ne sera pas nécessaire, estima Higgins ; le superintendant et moi-même désirions vous rendre compte de l'état actuel de nos investigations.

Mains croisées derrière le dos, Higgins arpenta le salon d'apparat, tandis que Marlow observait les personnes présentes.

– Malgré les apparences et les faits, ma conviction première, de même que celle de M. Claid, n'a pas changé : John Arthur Llewyn Griffiths a été assassiné. Demain, le superintendant rendra public le rapport du médecin légiste sur le décès du docteur Mosley : ce dernier a été étranglé, puis pendu à une poutre de son grenier par un assassin qui espérait nous égarer.

– Comment Claid était-il au courant ? demanda Arabella Peer, suffoquée.

– Je n'étais au courant de rien ! protesta le majordome ; j'ai ressenti la nécessité de faire part de mon intuition.

La cuisinière haussa les épaules.

– Et qui osez-vous accuser, Oliver Claid !

– Mais... personne, mademoiselle ! Je ne suis pas sorti de mon rôle.

– Je suis persuadée que vous avez calomnié Mme Griffiths.

– C'est faux !

– Mme Griffiths est bien la femme et l'épouse admirable qui m'a été décrite, intervint Higgins.

– Si vous aviez émis une autre opinion, déclara Arabella Peer, je vous aurais arraché la tête.

– Dieu m'en garde, mademoiselle. Dois-je vous avouer que je vous ai soupçonnée ?

Arabella Peer se leva, stupéfaite.

– Moi ?

– Le menu que le duc avait rédigé ne faisait-il pas peser sur vous de graves soupçons ?

– Des soupçons ?

– Un menu composé de plats français, rappelez-vous ; ne s'agissait-il pas d'une incongruité ?

La cuisinière fit la moue.

– Un tel menu, que le duc avait emporté avec lui, ne signifiait-il pas qu'il avait décidé de changer de cuisinière ?

– J'étais capable de lui cuisiner n'importe quel plat, même des escargots à l'ail ou des cuisses de grenouille, et il le savait ! Votre question n'a aucun sens !

– C'est bien mon avis, mademoiselle ; j'apprécie votre fidélité envers le duc. C'est une qualité exceptionnelle et rare.

Sa hargne désamorcée, Arabella Peer regarda Higgins avec des yeux émus.

– J'admirais le duc, inspecteur, et j'espère l'avoir servi de mon mieux.

– C'est le cas, affirma Kate Griffiths, et je vous en suis reconnaissante.

Stephen Hampton entra dans le salon d'apparat.

– Qu'est-ce qui se passe ici ?

– Un entretien avec Scotland Yard, répondit Marlow ; veuillez vous asseoir.

– En quoi suis-je concerné ?

– Nous recherchons une vérité que vous détenez peut-être, souligna Higgins.

– Mme Griffiths m'a demandé de venir, je suis venu. S'il s'agit d'entendre des inepties, je remonte dans ma chambre.

– Ne souhaitez-vous pas découvrir le nom du responsable de la mort du duc ?

Stephen Hampton contempla l'assemblée.

– Voilà un sujet intéressant ! Je parierais volontiers sur... ce cher Edward.

Le jeune homme serra les poings ; Winifred lui posa la main sur les poignets, l'empêchant d'avancer.

– Erreur, rectifia Higgins. Bien que Mlle Peer considère Edward comme un individu dangereux, il a démontré son courage et son aptitude à s'occuper du domaine. La mort de son père adoptif fut une catastrophe ; sans lui, comment conserver cette terre dont Edward est passionnément amoureux ? Il ne porte aucune responsabilité dans la disparition du duc, même s'il a commis un petit mensonge.

– Lequel ? rugit le jeune homme.

– Le duc vous avait proposé une scie pliable que vous aviez essayée sans grand succès ; votre père avait l'intention de l'améliorer. Quand je l'ai examinée, votre mère et vous-même avez pris peur, sans nulle raison, comme si la présence de cet outil dans la voiture accidentée pouvait vous nuire.

– J'ai eu tort, inspecteur, et je vous présente mes excuses, dit Kate Griffiths. J'ai voulu protéger mon fils.

– Parce que c'est une brute ! s'exclama Hampton.

– Vous êtes injuste, Stephen.

– S'il n'est pas coupable, c'est votre fille Winifred !

CHAPITRE XXXVIII

La jeune fille lâcha le poignet de son frère, fit quelques pas en direction du fonctionnaire et le gifla à deux reprises.

– C'est le moins que je vous devais. De votre côté, vous nous feriez le plus grand plaisir en quittant ce château au plus vite ; mon père vous accueillait, pas moi.

Stephen Hampton, héberlué et craintif, recula.

– Vous êtes aussi violente et dangereuse qu'Edward !

– Je déteste les médiocres.

La jeune fille se détourna, superbe, après avoir écrasé le petit fonctionnaire de son dédain et échangé un regard complice avec sa mère.

Hampton se plaignit.

– En tant que Scotland Yard, vous avez le devoir de me protéger !

– Vous avez raison, admit le superintendant, mais nous avons été pris au dépourvu.

– Cette fille est une diablesse.

– Non, M. Hampton, objecta Higgins ; Winifred est non seulement, « une bonne plante », comme le disait justement Mlle Peer, mais aussi une jeune femme séduisante. Son amour des animaux ne contrarie pas sa féminité ; demain, elle régnera sur un domaine heureux où s'épanouiront des espèces rares.

Higgins s'adressa au majordome.

– Pour un observateur privilégié, vous n'avez pas regardé Winifred avec beaucoup d'attention, rappela Higgins en consultant son carnet noir. Vous qui lui reprochiez de ne pas porter de belles robes, contemplez-la.

– Inspecteur... vous me gênez.

Higgins se tourna vers Winifred.

– M. Claid ne vous aurait-il pas offert une *lovespoon* ?

La jeune fille éclata de rire.

– Je vous jure que non, inspecteur ! Avez-vous encore besoin de moi ? Mon tapir m'attend.

Virevoltante, elle sortit du salon d'apparat, sans que Higgins s'y opposât.

– J'ai du bois à couper, annonça Edward. Si je ne suis plus utile...

Heureux de troquer son costume de ville contre ses vêtements de travail, Edward suivit sa sœur d'un pas allègre.

– Si Monsieur permet, avança Oliver Claid, je dois également...

– Nous avons à parler.

Le majordome tira sur son gilet rayé.

– Auriez-vous besoin de témoins ? ironisa Hampton.

Sous le regard attentif de la veuve, Higgins consulta quelques pages de son carnet noir.

– M. Hampton, qui n'est pas porté sur les compliments, a fait votre éloge, indiqua l'ex-inspecteur-chef. Il vous considère comme un parfait majordome, au comportement irréprochable.

– Je le remercie de ce jugement.
– Il ignorait sans doute vos attaches avec le monde occulte.
Oliver Claid se raidit.
– Il n'est pas nécessaire d'insister sur ce point, inspecteur ; vous savez tout ce que vous avez à savoir. Ce monde que vous qualifiez d'occulte est bien présent, lorsqu'on est attentif. Grâce aux appuis invisibles dont je bénéficie, je remplis mes fonctions sans faillir.
Higgins s'adressa à Kate Griffiths.
– Aviez-vous, madame, l'intention de renvoyer Oliver Claid, parce qu'il était devenu inutile ?
La veuve fut étonnée.
– Non, inspecteur !
– Winifred l'a prétendu.
– Elle aura parlé d'instinct et sans calcul, comme d'habitude ; soyez certain que M. Claid jouit de mon estime et de celle de mes proches.
La majordome cassa le buste.
– Où nous mène cet entretien ? demanda Stephen Hampton, énervé.
– Vers vous, répondit Higgins. Voulez-vous nous laisser, M. Claid ?
Le majordome s'éclipsa.
Un peu plus voûté que d'ordinaire, semblant épuisé, Stephen Hampton se laissa tomber dans un fauteuil.
– Qu'allez-vous encore inventer, inspecteur ?
– Vous êtes un personnage plutôt rébarbatif. On se demande parfois si vous ne forcez pas la note.
– Je suis comme je suis.
– Le superintendant et moi-même sommes persuadés que vous n'êtes pas étranger à la mort du duc de Motherwell.
– On se contente d'impressions, à Scotland Yard ?
– Votre rupture avec Kate Griffiths et ses enfants est consommée, poursuivit Higgins. Ils vous considè-

rent comme un personnage glacé, qui déteste la vie, l'enthousiasme, la spontanéité, qualités majeures du duc. Vous n'aimez que vous-même, M. Hampton, et vous accusez le monde extérieur de ne pas vous avoir accordé la place qui vous était due.

– J'ai peu de besoins.

– En apparence.

Hampton s'adressa à Kate Griffiths.

– Vous n'allez quand même pas obéir aux injonctions de votre fille ?

– Je partage son opinion, répondit-elle. Vous avez profité de la bonté de mon mari, que vous détestiez ; votre présence au château est une insulte à sa mémoire.

– Cette maudite Winifred fait la loi, à présent !

– Niez-vous encore avoir dérobé le dernier brevet rédigé par le duc ? interrogea Higgins.

Le fonctionnaire évita le regard de l'ex-inspecteur-chef.

– Il vout faut un bouc émissaire et je suis destiné à ce beau rôle ! Mais vous ne possédez aucune preuve et vous tournez en rond ; au fond, ça m'amuse.

– Reconnaissez que vous êtes le seul à pouvoir exploiter un tel document ; dans quelque temps, vous le négocierez au meilleur prix, en préservant votre anonymat.

– Ça vous ennuierait, ma parole ! Les meilleurs limiers du Yard en échec, bernés par un petit fonctionnaire... Quelle gifle !

– Bien entendu, le duc de Motherwell vous avait parlé de son invention concernant un nouveau procédé de stockage industriel.

– Pourquoi pas ? Souvenez-vous, inspecteur : il était mon meilleur ami. Qu'il se confie à un professionnel n'avait rien d'étonnant.

– Vous êtes un monstre ! s'exclama Kate Griffiths.

– L'essentiel, rétorqua Stephen Hampton, est de parvenir à ses fins, même si cela prend du temps. Or, je suis un homme très patient.

– Vous n'échapperez pas à la justice, affirma Scott Marlow.

– Pourquoi parler de justice ? Je n'ai rien avoué, et vous n'avez rien prouvé.

– Selon toutes probabilités, estima Higgins, vous avez volé ce précieux brevet, puis assassiné le duc, afin de pouvoir profiter de votre larcin avec une parfaite impunité. Puis vous avez supprimé le docteur Mosley.

– Quel monstrueux criminel je fais ! Et pourquoi m'en suis-je pris à ce vieux médecin ?

– Parce qu'il détenait une information capitale sur vous. En raison de ses liens avec le duc, nous serions fatalement remontés jusqu'à lui, et il nous aurait fourni ce renseignement décisif qui aurait permis d'établir votre culpabilité.

– Quelle horrible histoire, inspecteur ! Versez donc une larme sur mes victimes ; moi, je prépare mes bagages.

Jusqu'au dernier moment, Marlow espéra que Higgins utiliserait une arme secrète ; mais Stephen Hampton sortit libre du salon d'apparat.

CHAPITRE XXXIX

Avant de quitter le domaine de Motherwell, Higgins demanda à Marlow de l'emmener à Gwnfycwr pour explorer une dernière fois la maison du docteur Mosley.

– À quoi bon, Higgins ?

– Ce crime-là est avéré. Et je songe à une bizarrerie.

L'ex-inspecteur-chef se concentra sur le cabinet médical ; ses investigations furent de courte durée.

– Quand avez-vous consulté votre médecin, superintendant ?

– Eh bien.. Il y a deux mois, environ.

– Comment s'est-il comporté ?

– Il m'a ausculté, il...

– Avant de vous ausculter, n'a-t-il pas procédé à une sorte de formalité ?

– Il a consulté ma fiche, et...

– Voilà ! Regardez, mon cher Marlow. Dans le cabinet du docteur Mosley, aucun fichier, aucun dossier médical. Interrogeons la voisine.

La voisine, qui se faisait soigner pour des varices, confirma que le brave docteur consacrait une fiche à chaque patient, et qu'il la consultait avec de l'examiner.

– J'ai commis une lourde erreur, confessa Higgins ; à présent, je sais pourquoi Anthony Mosley a été assassiné.

– Et... pour le duc ?

– Retournons sur les lieux du crime. C'est là, et nulle part ailleurs, que se trouve la clé de l'énigme ; j'ai eu la vague sensation de la toucher du doigt, puis elle s'est évanouie. Mais elle existe.

La vieille Bentley, qui avait retrouvé avec plaisir l'air de la campagne, ne se fit pas prier. Sous un magnifique soleil, elle s'engagea de nouveau dans la grande allée de platanes.

– Vous pouvez ralentir, mon cher Marlow, et prendre la direction du château ; je sais comment John Arthur Llewyn Griffiths a été assassiné.

*
**

Kate Griffiths était ravissante. Frêle, touchante, raffinée, elle considérait Higgins avec une profonde émotion. Ses yeux verts pleuraient mais aucune larme ne coulait sur ses joues.

– Est-ce une certitude, inspecteur ?

– Il me reste une vérification à faire ; voudriez-vous me donner les lunettes noires que portait votre mari lors de l'accident ?

– Bien sûr.

Kate Griffiths monta dans sa chambre et revint, une dizaine de minutes plus tard, porteuse de la pauvre relique.

– Quelqu'un aurait-il pu entrer chez vous et vous dérober quelque chose ?

– Impossible, inspecteur ; je ferme ma porte à clé, et Oliver Claid a l'œil sur tout ce qui se passe à l'intérieur du château.

Higgins chaussa les lunettes brisées, ouvrit une fenêtre et contempla l'horizon.

– L'assassin de votre mari est identifié, madame.

*
**

Stephen Hampton, une valise dans chaque main, descendit l'escalier.

– Un coup de main ? proposa Marlow.

– Inutile, je me débrouille seul.

– Si ça vous arrange, je vous raccompagne à Londres.

– Je ne dis pas non.

Hampton monta à l'arrière de la vieille Bentley, où se trouvait déjà Higgins.

– Sur le départ, M. Hampton ?

– Bien obligé ; on me chasse comme un malpropre. Ces gens-là n'en tireront pas bénéfice, croyez-moi.

Scott Marlow démarra et roula lentement.

Au seuil de l'allée bordée de platanes, il s'arrêta.

– Qu'est-ce qui se passe ? s'inquiéta Stephen Hampton. Cette guimbarde serait-elle en panne ?

– De si beaux arbres, et une mort si atroce, constata Higgins en tendant les lunettes noires à son voisin. Acceptez-vous de les essayer ?

– Hors de question ! Vous feriez mieux de jeter ces vieilleries.

– Ce serait regrettable, puisqu'elles sont la preuve de votre crime.

– Balivernes.

– Votre seule erreur, M. Hampton.

– Si vous n'avancez pas, je descends !

– Restez tranquille, ordonna Marlow, ou je vous passe les menottes.

Stephen Hampton se tassa au fond de son siège.

– J'ai commis une erreur et j'ai joué de malchance, expliqua Higgins. L'erreur consistait à croire que vous aviez supprimé le docteur Mosley parce qu'il pouvait vous accuser ; la réalité était plus simple. Je l'ai appréhendée en constatant la disparition de ses fiches médicales, que vous avez dérobées et détruites. En fait, le médecin détenait un secret relatif à l'état de santé du duc de Motherwell, son ami et son patient. Un secret que vous, son autre ami, aviez découvert ; un secret qui vous a donné l'idée d'un crime parfait, lequel impliquait la disparition du vieux médecin.

– Vous parliez de malchance ?

– Une question de temps. Seule la présence du soleil me révélait le mécanisme de votre crime ; or, lorsque j'ai parcouru l'allée en voiture, pour reconstituer l'accident, le ciel était couvert.

– Je ne comprends rien à vos divagations.

– Lorsqu'il prenait le volant, et lorsqu'il faisait beau, le duc portait des lunettes noires. Pourquoi ? Parce qu'elles lui étaient indispensables. Le génie inventif de John Arthur Llewyn Griffiths s'expliquait, en partie, par une disposition physiologique particulière que connaissait bien son médecin traitant, une forme d'épilepsie, particulièrement propice à l'activité mentale et sans aucune conséquence pathologique apparente. Il devait néanmoins prendre des précautions, en cas de rayonnement solaire intense, ce qui survient très rarement dans notre beau pays. Or, les lunettes noires que portait le duc le jour de l'accident ne sont pas filtrantes, je l'ai vérifié en regardant le soleil. Le malheureux se croyait protégé, alors qu'il était en danger de mort.

– Pourquoi donc ?

– Parce que vous aviez choisi, comme assassin, cette allée bordée de platanes centenaires. Comme je l'ai constaté récemment, lorsque le soleil darde ses rayons, se produisent des stimulations lumineuses intermittentes qui provoquent, chez un sujet prédisposé, une perte de contrôle de ses réflexes. Surpris par la succession d'ombre et de lumière, et les violentes saccades que le port des lunettes aurait dû éviter, le duc de Motherwell a lâché son volant, accéléré au lieu de freiner, et s'est écrasé contre un arbre, comme vous l'espériez.

– Un crime parfait, comme vous disiez.

– En apparence, oui, puisque vous vous trouviez à Londres, loin du lieu du meurtre ; mais ce luxe de précautions vous a perdu. Le crime a été perpétré un lundi. À votre retour de Londres, vous auriez échangé les lunettes non filtrantes contre des lunettes filtrantes, ce qui vous aurait définitivement mis hors de portée. Mais deux détails sont venus contrarier vos projets ; d'une part, Kate Griffiths ne vous a pas prévenu aussitôt ; d'autre part, Oliver Claid a alerté le Yard de manière indirecte. Quand vous êtes venu à Motherwell, nous étions déjà sur place, et il vous était impossible de procéder à une nouvelle substitution sans prendre des risques considérables. Vous espériez que ces pauvres lunettes n'attireraient pas l'attention de la police et que vous jouiriez de votre crime en toute impunité. Restait à éliminer le dangereux docteur Mosley ; c'est pourquoi vous êtes resté au château, donc près de Gwnfycwr, en prétextant, avec une rare sécheresse de cœur, que vous résidiez pour soulager la détresse de Kate Griffiths. Dès que le médecin est rentré de son séjour à l'étranger, vous avez frappé, tentant de maquiller le crime en suicide.

– Vous ne pouvez rien prouver.

– Détrompez-vous, il ne sera pas difficile de retrouver l'opticien chez lequel vous avez commandé les lunettes. De plus, j'ai découvert l'endroit où vous cachiez le brevet que vous avez volé.

Stephen Hampton blêmit.

– C'est faux.

– Un simple maquillage, au Bureau des brevets. Il a suffit au Yard d'examiner les documents passés entre vos mains depuis quelques semaines.

L'assassin ouvrit la portière de la Bentley et s'enfuit.

Aveuglé par les saccades de soleil et d'ombre que provoquait la présence des platanes, Stephen Hampton ne vit pas venir la camionnette du facteur qui le percuta de plein fouet.

ÉPILOGUE

Il pleuvait sur Motherwell.

Dans le salon d'apparat, Oliver Claid servit un porto d'une qualité exceptionnelle.

– Je ne me remettrai jamais du décès de mon mari, avoua Kate Griffiths ; comment a-t-il pu se tromper à ce point sur le compte de Stephen Hampton, comment avons-nous pu abriter si longtemps un tel monstre sous notre toit ?

– La trahison et l'hypocrisie sont le propre de l'espèce humaine, observa Higgins, mais vous avez de la chance d'avoir deux enfants remarquables qui perpétueront Motherwell.

– Merci pour votre aide, inspecteur.

– J'aurais aimé tenir d'autres promesses dans des circonstances moins tragiques.

– Grâce à vous, l'âme de mon mari reposera en paix ; vous serez toujours le bienvenu à Motherwell.

*
**

Sanglé dans son *Tielocken*, le seul imperméable vraiment efficace, Higgins regarda le château dont les hautes fenêtres rectangulaires contempleraient encore longtemps la campagne galloise. L'ex-inspecteur-chef avait remis le brevet volé à sa légitime propriétaire, salué Winifred et Edward, la tête remplie de projets, et félicité Oliver Claid pour la qualité de son service.

Peut-être Mme Griffiths avait-elle omis de lui préciser que son mari avait découvert la pierre philosophale, garante d'un bonheur tranquille et caché ; peut-être le duc, au paradis des chercheurs, continuerait-il à la chercher pour l'éternité. Quoi qu'il en fût, et malgré le malheur provoqué par un assassin poussé par la jalousie et la haine, Motherwell demeurerait un havre de paix.

Scott Marlow semblait gêné.

– Un ennui, superintendant ?

– Si l'on veut... Le grand patron vient de m'annoncer une promotion. Mon intervention au Bureau britannique des brevets a été particulièrement appréciée en haut lieu, et on a tenu à m'en remercier.

– Je vous en félicite.

– J'ai souligné votre rôle, dans cette affaire ; si vous le souhaitez, vous pourriez occuper un poste important dans le nouvel organigramme de la police. Les dirigeants ont changé, depuis l'époque où vous êtes entré en conflit avec le Yard. On évoque même des excuses.

– Inutile, mon cher Marlow.

– Nous formerions une bonne équipe.

– Laissons le passé au passé, superintendant. Mon avenir a la forme d'une forêt, d'une pelouse, d'une roseraie, d'une bibliothèque et d'une méditation au coin du feu, en compagnie de Trafalgar.

– Vous avez peut-être raison, après tout.

– Il faut savoir s'arrêter, mon cher Marlow. Le mal

et le crime continueront, d'autres que moi lutteront contre eux. J'ai envie de célébrer quelques banquets avec les membres de mon club et de m'occuper avec eux de sujets essentiels comme la lecture des armoiries ou l'étude des arômes. J'ai une proposition à vous faire : accepteriez-vous d'être l'invité d'honneur de notre prochaine réunion ?

Le superintendant démarra.

– Roulons, dit-il, la vie est parfois bienveillante.

CET OUVRAGE A ÉTÉ REPRODUIT
ET ACHEVÉ D'IMPRIMER SUR ROTO-PAGE
PAR L'IMPRIMERIE FLOCH À MAYENNE
EN NOVEMBRE 1993

Éditions du Rocher
28, rue Comte-Félix-Gastaldi
Monaco

Dépôt légal : novembre 1993.
N° d'Édition : CNE section commerce et industrie
Monaco : 19023.
N° d'impression : 35034.

Imprimé en France